El credo de los amantes

Alberto Medina López

El credo de los amantes

TALLER DE EDICIÓN • ROCCA®
n o v e l a

© Alberto Medina López
© Felipe Zuleta Lleras (Prólogo)
© Taller de Edición • Rocca® S. A.
Bogotá, D. C., Colombia
Primera edición, abril de 2013
ISBN: 978-958-8545-53-0

Edición y producción editorial: TALLER DE EDICIÓN • ROCCA® S. A.
Carrera 4A No. 26A-91, oficina 203. Edificio Independencia
Teléfonos/Fax.: 243 2862 - 243 8591
taller@tallerdeedicion.com
www.tallerdeedicion.com

Impresión y acabados: Periodicas S. A. S.
Calle 24 No. 19A-43
Teléfono: 268 4439

Impreso y hecho en Colombia • Printed and Made in Colombia

Prólogo

CONOCÍ A ALBERTO MEDINA en las lides del periodismo, pero volví a conocerlo en el ejercicio de la literatura. Alberto, en realidad, es dos lenguajes. Trabaja cotidianamente con el lenguaje de la información y, al mismo tiempo, trabaja cotidianamente con el lenguaje de la prosa. Eso lo vine a descubrir cuando me asomé a su novela *El credo de los amantes*, en la que rompe su propio molde porque al encuentro de esas palabras surge el novelista cultivado.

Umberto Eco en *Confesiones de un joven novelista* habla de su experiencia en el campo de la ficción, luego de frecuentar la ensayística por años. Se califica de joven novelista porque incursionó en este tipo de escritura cuando ya era un hombre maduro. Alberto también es un hombre maduro y podría entrar a la galería de los jóvenes novelistas que han tejido, año tras año, un estilo silencioso que, en su caso, sólo ahora podrán disfrutar los lectores.

Con *El credo de los amantes*, su autor entra a un territorio difícil. ¿Cómo no caer en el libertinaje o en la pornoliteratura? ¿Cómo describir el encuentro íntimo entre dos seres sin arruinarlo todo con las palabras equivocadas? ¿Cómo mantener la altura poética de la intimidad del amor sin caer en cursilerías románticas o en grotescas descripciones?

No soy un crítico literario ni nada que se le parezca. Sólo soy un lector desprevenido que ve como un escritor es capaz de cruzar por los caminos del amor y el erotismo con gran altura, sin tonos destemplados, con la fuerza infinita de la palabra, asumiendo por partida doble el rol masculino y el femenino.

Pero hay más. En *El credo de los amantes* el lector pasea por la historia de la literatura erótica. Los amantes son lectores consumados que navegan por la historia del erotismo desde los griegos, pasando por los romanos, por el Renacimiento, por la Edad Media, hasta entrar en la Modernidad de la novela.

Con un lenguaje impecable y poético, esta novela toca las fibras más profundas del amor y el erotismo en el momento de la historia donde la intimidad está más amenazada por la tecnología. No hay ojos mirando a los amantes, pero hay maneras sofisticadas y modernas de interceptarlos en la distancia, y de saber que se están amando.

No es sino abrir la primera página para que empiecen las preguntas. ¿Es posible reescribir el Credo y trascender los dogmas de la Fe cristiana de una manera más real y humana? En su novela, Alberto Medina nos presenta una mirada profunda, sensible y trasgresora de un verdadero amor de amantes que reconocen la existencia de un Dios en la aceptación de que fue él "quien dio a hombres y mujeres las herramientas de la felicidad y concedió a su fugaz corporeidad roces, olores, ambrosías y goces".

El credo de los amantes recoge, de comienzo a fin, el ideal humano de fusionar en un mismo instante el amor y la pasión, la carne y el espíritu. El amor noble, sincero y desbordado de los amantes que protagonizan esta novela nos recuerda que fue el mismo Dios "quien delineó los labios para los besos, la carne para el goce y la energía para conectarnos con la tierra, con el cosmos y con los otros".

Las principales verdades en las que creen los amantes están contenidas en este bello libro con el que Alberto Medina se estrena como novelista. *El credo de los amantes* es una defensa del amor espiritual y carnal, que nos resucita de entre los muertos y nos hace subir al Cielo.

Con este preámbulo no queda más que invitar al lector al goce de esta historia.

FELIPE ZULETA LLERAS

"El mar, lleno de urgencias masculinas,
bramaba alrededor de tu cintura…".

LEOPOLDO LUGONES

A Lucía Bretón

Creo en Dios padre todopoderoso, creador del Cielo y de la Tierra, de todo lo visible y lo invisible. Creo en la energía dadora de vida que sacó la luz de las tinieblas, del negro el blanco y del blanco un infinito abanico de colores que viste cada hierba, cada árbol y cada flor. Creo en la existencia de cada ser, de cada animal y de cada hombre, porque, así como yo siento que existo, siento que ellos existen por fuera de mí.

Creo en el espíritu porque es inasible, porque está hecho con los materiales invisibles con los que el Dios de la energía tejió un mundo que salió de la nada, de la misma nada de la que salieron los inasibles: el amor, el desamor, la pasión, la mansedumbre, el apaciguamiento, el placer, el dolor, el odio, el hastío y un inacabable etcétera de inasibles.

Creo en el Dios que nos dio casi todo porque comprendió, como lo hacen los padres, que entregarlo todo es perder al hijo en el egoísmo y en el ocio. Creo en el Dios que nos dividió en hombre y mujer para que busquemos por la tierra ese otro pedazo que nos hace falta para ser uno solo y sin soledad, para entregarnos al goce de la carne y del

espíritu y no a la exclusiva tarea de poblar
el mundo.

Creo en el Dios que dio a hombres y mujeres
las herramientas de la felicidad y concedió
a su fugaz corporeidad roces, olores, ambrosías y goces.

Creo en el Dios que creó al hombre en esencia y trascendencia, que le dio al mismo
tiempo la introspección y la salida, la soledad y el acompañamiento.

Creo en el Dios que delineó los labios para
los besos, la carne para el goce y la energía para conectarnos con la Tierra, con el
cosmos y con los otros.

Creemos en el Dios que nos puso en el mismo camino para que nos fundiéramos en carne
y espíritu.

PEDRO NOLASCO VALLEJO

1

Han pasado los años pero los recuerdos no se van porque Pedro Nolasco se encargó de dejarlos por escrito. Sentada, como muchas tardes, en una mecedora que descansa al lado de una ventana, con un marco de montañas al fondo y un cielo repleto de nubes multiformes, Lucía despliega —como lo hace cada vez que la acosa la soledad con sus aburrimientos y nostalgias— las páginas que le legó el amor; una herencia de recuerdos que le llenan el alma, le devuelven la pasión y le humedecen el deseo. Ni el tiempo que todo lo enmohece, le quita las ganas de vivir mientras pueda leer las líneas escritas por el hombre que más la amó, así ella viviera con el hombre que la vida le había dado para envejecer acompañada en su soledad. Sus ojos brillan como estrellas cuando salen a pasear con las palabras y en su rostro, tejido tenuemente con los pliegues de los años, los gestos dibujan el sistema circulatorio de sus emociones.

Estás de pie, desnuda, mientras mi índice pasea por la rosácea aureola de tu pezón de reina y mi lengua humedece la otra cima gemela. Sentado en un mueble de terciopelo

rojo, también desnudo, abarco tu cuerpo con
mis brazos y recibo tus manos en mis hombros, en mi pecho, donde las poses. Te toco,
te beso, te circundo. Tus botones de flor vi-
bran al final de un laberinto que esparce por
tu cuerpo, de la cabeza a los pies, estreme-
cimientos telúricos. Los recojo en las tur-
bulencias de tu piel, en la respiración que
fluye agitada por tu boca abierta, en los
trémulos párpados de tus ojos cerrados y en
la tibieza de tu cuerpo que de repente pierde el frío. Mis dedos, que te guardan por
tramos en la memoria de sus yemas, rozan la
humedad de tu vientre. Estás hecha de mar,
con sal y con lluvia. Mis labios descienden
de tus senos como si caminaran por la fal-
da de una montaña sin riscos ni hondonadas;
resbalan por tu piel imantada sin separarse un instante; atrapados, trazan una línea
vertical e invisible por todo el centro de
tu cuerpo. Me detengo en la estación levemente profunda de tu ombligo, como si allí
pudiera encontrarme con tu origen y de paso
con el mío que debe ser el mismo. Mi lengua
entra al pasado antes de buscar el fondo de
tu vientre; mi lengua quiere andar todos tus
tiempos para no dejar nada a los espacios,
para tenerte toda en cuerpo y alma. Caigo en
el epicentro de tus temblores cuando mis labios se funden en tus otros labios. Me hundo
en la flor, me unto de su polen, me sumer-
jo; la beso y la venero porque está sembrada
en el centro de tu tierra y en las fronteras
del mar; porque siento que por allí te nave-
go por dentro, te recorro. La flor se abre a
mis labios para que pase mi lengua. Te llevo en mi boca, te lamo, me sorbo tu vientre
como si quisiera quedarme a vivir en ese cálido cuarto de tu cuerpo, como si entrara a
los confines de tu tierra con mi boca, con mi
nariz, con mi quijada, con mi todo. Es como
si me fundiera en tu carne y en tu alma,
como si por fin hubiese hallado el camino
para entender tu esencia y de paso la mía.
En tu aroma marino, en tu sabor a ciénaga,

en el montículo de carne que mi tacto en-
grandece, en los suaves jadeos de cigarra
que escapan como acordes de tu alma, me in-
tegro a tu carne como si fuera mía, como si
fuera una fanegada de mi carne por fuera de
mi carne. Enloquezco lamiéndote, retrocedo,
vuelvo a ser lo que fui y te arrastro para
que seas lo que también fuiste. Nos hacemos
animales, nos recargamos de nuestra genética
prehistórica, nos hacemos esenciales, prima-
rios, nos mordemos de amor, gemimos de amor,
nos desbordamos, nos amamos desde el instinto y desde las razones que nos llevarían al
instinto, con toda la racionalidad que nos
ha permitido decidir, en un mutuo acuerdo y
sin palabras, amarnos en nuestra primige-
nia zoología. Nos agita el roce, el lami-
do, la vida que se desborda en un instante
y que hace que valga la pena haber vivido.
Pides que mi carne se funda con tu carne.
Tus piernas se cuelgan en mis hombros para
que te penetre; armamos una silla con nuestros cuerpos y yo quedo atrás para seguir en
tu cuerpo; te pones sobre mí para devorarme,
te beso y estallo y siento que me ahogo en
el sudor de tu piel y te siento explotar y
nos bañamos en el éxtasis del sexo consuma-
do. Exhaustos nos seguimos abrazando porque
el sexo entre los dos es sólo el fragmento pasional de una historia tejida con sueños compartidos, con la invisible alianza de
dos almas, con la sincera pasión de dos seres que no fingen ser lo que no son, porque
juntos pueden ser lo que ya han sido y lo
que quieren ser, y porque me vuelve el deseo
de lamer de nuevo tu centro de gravedad para
buscar, como si en ti viviera, el otro pedazo del hermafrodita que quizá algún día fui.

El punto final de ese breve texto le traía los adioses
como si los volviera a vivir; le devolvía la sensación de dolor
que experimentaban, cada uno desde la orilla de su amor

desbordado, cuando llegaba la hora de separarse porque inevitablemente esa hora siempre llegaba.

En su memoria todo se volvía presente. Ella busca
refugio en ese otro mundo del que escapa para encontrarse con él en la paralela. Sabe perfectamente que por la
vía principal va camino hacia otros labios que ya no besan,
otras manos que ya no tocan, otra voz que ya no habla,
otros oídos que ya no escuchan, otro cuerpo que ya no
vibra, otra vida que parece muerte. Para él, el adiós significa volver a esperar a que transcurra un tiempo impaciente e impreciso que le permita retornar a la felicidad
que suele esfumarse por la vía principal.

Salen al tiempo, ella por la principal y él por la paralela. Más adelante hay un camino que puede ponerla de
nuevo en la paralela de sus besos y sus ansiedades, pero no
lo toma porque es tarde. Lo sabe a ochenta por la paralela, a
su ritmo de ochenta por la principal. Por hoy no hay posibilidad de retorno. En un semáforo en rojo, ella deja los ojos
fijos en el panorámico del vehículo, negando la existencia
de los lados. Desde la paralela, él pega su mirada en el rostro
que no gira. La llama con la mente, la convoca para que gire
su cabeza noventa grados, le ruega en silencio que lo mire
hasta que ella lo mira con una sonrisa iluminada y la ve
tan bella como en el éxtasis del reciente encuentro. Amarillo, verde, se despiden con un beso aéreo y simultáneo. Ella
sigue por la principal mientras él vaga por la paralela. Las
vías se abren hasta que sus ojos se pierden y en el estómago
de los dos queda un vacío, y en la boca de él se despierta el
sabor de las entrañas que acaba de besar.

Ella se ha ido porque él no tiene cómo convidarla para que se quede, porque están atados a eternos lazos de sangre de los que no saben cómo desprenderse. ¿Cómo quedarse con ella sin que le duela a nadie? ¿Cómo hacer para que se quede con él, sin lastimar a nadie? Detrás de cada fórmula hay un dolor inevitable, un angustioso drama, una rabia incontrolable, el deseo de vengar el abandono, los hijos desolados, la mujer traicionada y el hombre herido que busca salvar su dignidad. No hay más camino que el descarrilamiento por la paralela; que el goce puro de lo clandestino, sin testigos ni confidentes, para no perder el amor.

Los dos han trazado planes de fuga en la demencia de la pasión y han quemado los mapas en la cordura de las tristes verdades. La vida los puso en el camino con fechas alteradas, con hechos consumados. La conoció atada; lo conoció atado. Quizá la oportunidad de los dos de ser uno sobre la tierra sólo está escrita en la paralela. Quizá no había para los dos más camino y mayor felicidad que verse a escondidas, que armar un mundo donde pudieran encontrarse sin que los ojos que los miran en sus mundos propios pudieran verlos en su predio paralelo.

Él sigue por la paralela, mientras ella se pierde en el occidente, como si acompañara la muerte del sol por la ruta que la pone camino a casa. Una llamada al celular lo saca de la vagancia de sus pensamientos. Es ella. Llora desconsolada al otro lado de la línea. Lo azota su desesperación como si fuera propia. "¿Qué te pasa? ¿Por qué lloras? Me duelen tus lágrimas. ¿Qué quieres que haga?

¿Por dónde vas? ¿Te alcanzo por la principal? ¿Qué te pasa?, mi amor, no llores más, por favor no llores más. ¿Qué te pasa?".

—Me llamaron de Jardín. Mi papá se está muriendo —alcanzó a decir antes de seguir llorando.

No podía seguirla como hubiese querido. Sus padres, su mundo familiar, su historia antes de que él irrumpiera en su vida, eran incompartibles para él, pertenecían al mundo que discurre por la vía principal. Sólo su esposo que había logrado abrir formalmente las puertas de la casa paterna, podía llevarla de la mano, abrazarla, recoger sus lágrimas. ¿Lo haría? Alcanzó a preguntarse en su corazón y sintió que le crecía un hueco en el timo. No podía seguirla porque había llegado tarde para viajar con ella y su dolor, como hubiese querido, hasta los confines de la tierra.

2

Una casualidad literaria los había puesto en el mismo lugar desde tiempos inmemoriales. Pedro Nolasco Vallejo esperaba sentado en un rincón de la biblioteca pública a que el tablero electrónico señalara el número que le correspondía para el libro solicitado.

Una mujer que se sentó frente a él sin mirarlo, lo sacó de sí mismo. No pudo evitar el deslumbramiento que le produjo un ser con tanta luz alrededor de su cuerpo. Había aprendido a descubrir el aura con sólo posar sus ojos un segundo en el entrecejo de la persona observada. Miró a su alrededor creyendo que el mundo debía estar tan obnubilado como él, pero descubrió que ninguna mirada distinta a la suya se posaba en ella. No comprendía por qué esa luz no provocaba una lluvia de miradas y alcanzó a sentir un alegre egoísmo por estar rodeado de tanto ciego.

Su cabello castaño caía, en una sola cascada, sobre el hombro derecho. Sus cejas tupidas, por las que jamás había pasado un depilador, eran el paraguas perfecto para sus ojos grandes. Tenía un rostro suave, blanco, con un leve rubor en las mejillas. Sus labios delgados parecían dibujados por un artista.

La mujer se sintió observada y lo miró. Él, nervioso, dejó escapar una falsa y leve sonrisa que coincidió con el anuncio salvador de que su libro ya estaba disponible. Se levantó del puesto sofocado por un incómodo sudor momentáneo. Cuando regresó con el libro en la mano, ella no estaba. La buscó con los ojos sin encontrarla, pero seguía viéndola en su mente como si fuera una obsesión. Intentó concentrarse en la lectura, pero sus ojos insistían en buscarla y no aparecía. De pronto, cuando luchaba por sobrepasar el primer párrafo, le pareció verla pasar de un estante a otro. Esperó que asomara de nuevo y la vio cruzar detrás de una columna de cemento y perderse entre los muebles de las enciclopedias. Se ruborizó cuando descubrió que en el sitio donde ella se había sentado había una carpeta llena de fotocopias. Las había dejado allí, no había otra posibilidad. Pensar que ella se volvería a sentar frente a él lo desconcentró, lo inquietó.

Pasaron cinco minutos antes de que reapareciera con su luz gigantesca, cargando un texto en la mano. Quizá, como él, prefería los sitios de la biblioteca por donde pasara la menor cantidad posible de lectores transeúntes. La mujer se sentó en el mismo lugar; él fingió que leía mientras su mente estaba en ella. No levantó los ojos hasta no tener la certeza de que estuviera leyendo. Ella existía, él no. Para ella, el libro; para él, ella. La miraba por el rabillo del ojo, cauteloso, como si tejiera una red para no dejar escapar a la víctima, evitando ser sorprendido, cuidándose de no tener que pasar la vergüenza de que lo vieran perseguir con los ojos a quien no le dedicaba siquiera un instante.

Cuando ella levantó el libro supo que estaban allí para conocerse. Leían dos ediciones de la misma obra: *El arte de amar* de Ovidio. La cubierta de la edición que le había tocado a ella en suerte mostraba una escultura de amantes griegos sobre un fondo rojo resquebrajado. El hombre desnudo descansaba su cabeza sobre el abdomen de la mujer, como desmayado en una pasión de yeso. Pedro Nolasco miró la cubierta de su libro y descubrió que varias jóvenes desnudas, con mirada de ángeles y cuerpos voluptuosos, invadían la escena.

Esa feliz coincidencia le alborotó los latidos del corazón y lo envalentonó para dar el paso que ansiaba desde que la vio.

No podía ser que dos seres se sentaran uno frente al otro, pidieran el mismo libro, compartieran quizá los mismos intereses y él dejara pasar esa circunstancia del destino. Empezó a levantar su libro para que ella también descubriera la casualidad, pero estaba tan embebida en su lectura que Pedro Nolasco y su edición de *El arte de amar* de Ovidio no existían. Aun así, insistía. Movía el libro, producía ruidos anormales para captar su atención y hasta pensó en decir algo en voz alta o en actuar como un ser sorprendido por la casualidad. Pensó, por ejemplo, en decir "También lee usted a Ovidio". No era convincente. Sonaría poco natural. O era mejor decir en voz alta "qué curioso" para captar su atención. El "qué curioso" se le había escapado en voz alta y ella lo miró por segunda vez.

—Disculpe —dijo Pedro Nolasco—, no era mi intención sacarla de su lectura. Sólo que me llamó la atención que usted y yo hayamos pedido el mismo libro.

La mujer guardó silencio un instante, mientras miraba la cubierta del libro que Pedro Nolasco ponía ante sus ojos.

—No se preocupe —dijo—, ¡qué bella edición!

— ¿Quiere verla?

—Gracias —la mujer recibió el libro y él se sonrojó cuando sintió en su mano la punta de sus dedos. Segundos después le ofreció su edición.

Hubo un corto silencio que a Pedro Nolasco le pareció infinito. Ella estaba embebida en las imágenes del libro y él, en la cara de ella, en sus ojos locuaces y brillantes, negros como la noche. Ella lo sorprendió fingiendo que miraba el libro, cuando en realidad sabía que la estaba buscando. Él se sintió descubierto y volvió al libro, pero como ya se sentía sorprendido intentó romper la incomodidad con una pregunta:

— ¿Le gusta Ovidio?

—Me gusta y debo leerlo.

— ¿Por qué?

—Escribo un artículo sobre el amor en el mundo latino.

— ¿Y dónde podré leerlo? —preguntó Pedro Nolasco emocionado.

—Es para una revista universitaria. No circula en puestos de revistas. Y a usted, ¿le gusta Ovidio?

—Me gustan los clásicos. Ovidio es pura curiosidad.

—Silencio por favor —dijo de pronto una funcionaria con voz de hombre, encargada de mantener el orden en el sagrado recinto de la lectura.

—Ella quiso devolverle el libro, pero él se negó a recibirlo. Cada uno siguió con el texto del otro hasta que ella, más de una hora después, le dijo entre dientes:

—Gracias. Podemos intercambiar los libros que ya me voy.

—Yo también salgo —respondió Pedro Nolasco.

Se dirigieron juntos a la recepción, dejaron los libros en el mesón y salieron al tiempo de la biblioteca.

—¿Viene seguido a la biblioteca? —preguntó él cuando cruzaron la puerta.

—Ocasionalmente —contestó sin mayores explicaciones.

—Bueno. Ojalá la vea de nuevo.

—Gracias. Que esté muy bien.

La mujer se alejó por las calles empinadas del barrio antiguo. Pedro Nolasco se ubicó en la puerta de una tienda de anticuarios para mirarla sin ser sorprendido. La vio caminar por una de las pocas calles que conservaba el empedrado colonial, cruzar por debajo de los aleros de las casas viejas y desaparecer en una esquina.

En los días siguientes, Pedro Nolasco estuvo en la biblioteca a la misma hora, en la misma mesa y con el mismo libro, esperando verla, pero ella no llegaba. Sabía que era una locura esperar a una mujer con la que no tenía cita, que no conocía y que quizá no debía conocer por su condición de hombre casado y con hijos, pero la lectora de Ovidio se le había metido entre los ojos y sentía un impulso arrollador e inevitable de verla otra vez, de hablarle, de conocerla, de develar si esa luz que él había visto correspondía con un alma iluminada o, si por el contrario, se trataba sólo del fugaz deslumbramiento hacia una mujer atractiva a sus ojos pero sin nada en el alma.

Leyó y releyó los consejos de Ovidio casi hasta memorizarlos, antes de que la mujer apareciera de nuevo. La vio llegar con la misma luz del primer día. En aquella ocasión vestía de blanco, de pies a cabeza. Ahora vestía de negro, de pies a cabeza, y brillaba igual, como si fuera un sol desplazándose por la biblioteca. La vio meterse entre los estantes y salir con un libro en la mano rumbo al mismo sitio donde la había visto la primera vez, justo frente al lugar donde él estaba sentado como si la hubiese esperado toda la vida.

— ¿Todavía leyendo a Ovidio? —preguntó ella con una sonrisa enorme.

Pedro Nolasco se sonrojó. Era ridículo estar leyendo a Ovidio todavía, tantos días después del primer encuentro. Sin embargo, improvisó una salida para escapar de la estupidez, que se habría de convertir con el tiempo en una marca para los dos.

—Memorizándolo para poderle preguntar a usted muchas cosas sobre los consejos de Ovidio.

Ella sonrió como si le cayera en gracia la ocurrencia.

—Entonces empiece a preguntar.

—Aquí nos sacan si nos ven conversando.

Pedro Nolasco sintió que el hielo estaba roto y la invitó a la cafetería de la biblioteca para hablar de Ovidio.

Ella lo hizo esperar un buen rato mientras ubicaba un dato en un viejo libro de historia. Él, mientras tanto, hizo el trámite correspondiente para sacar el libro de la biblioteca, pero fue atendido en tan corto tiempo que la espera se le hizo a la vez eterna e incómoda, aunque con final feliz: salieron juntos de la sala de lectura, como lo soñaba Pedro Nolasco.

—Pensé que no iba a volver —dijo él y al mismo tiempo se arrepintió de sus palabras pero ya no había remedio.

— ¿Me estuvo esperando? —dijo en tono burlón.

La pregunta lo sonrojó y ella no pudo evitar un controlado estallido de risa, que Pedro Nolasco secundó con incomodidad.

—Disculpe. La coincidencia de estar leyendo al tiempo el mismo libro me pareció que no era gratuita. Quizá por eso quería verla de nuevo.

—Bueno aquí estoy y me llamo Lucía Bretón.

—Lucía, qué bello nombre tiene. Yo soy Pedro Nolasco Vallejo.

Hubo un silencio que de nuevo pareció infinito, hasta que ella lo rompió con un pedido:

—Empiece a preguntarme de Ovidio, el poeta que decía que había que venerar al amor aunque el amor destroce el pecho con sus saetas. Razón que tenía.

—Bueno —Pedro Nolasco se quedó pensando un instante por dónde empezar—. Ovidio, usted lo sabe mejor que yo, escribió su *Arte de amar* antes de que naciera Cristo y resulta que pareciera escrito hace pocos minutos.

Empecemos por los consejos para hombres. Hablemos de la importancia del vino en la conquista, ¿le parece?

—Me parece —respondió ella.

—Decía Ovidio: "Las mesas de los festejos dan facilidad para acercarse a las mujeres, ofrecen vino y otros placeres más importantes", y más adelante: "Las alas de Cupido regadas en vino mojarán el desgraciado corazón, con su ingenuo rocío. El vino nos dispone al amor, deja de lado las tristezas con sus seguidas libaciones". Aquí viene mi primera pregunta: ¿siempre ha pasado lo mismo con el vino?

—Lo mismo —respondió ella— El vino es trago para el alma, recoge la historia de lo que somos: la tierra, sus frutos, la maduración tardía, la juventud y el añejamiento, la magia y la alquimia. El vino cura las amarguras del corazón y sirve para festejar la vida, pues exalta nobles sentimientos como la amistad y el amor. Pero a pesar de todas esas bondades, el hombre debe beberlo con mucha prudencia.

—¿Por qué? ¿Acaso nos pone conversadores, nos suelta la lengua?

—Es probable que suelte la lengua, pero no importa si la que habla es el alma. De todas maneras, nada mejor que el vino para embriagarnos. El vino nos lleva a la buena mesa, a la poesía, a la nostalgia, a la alegría, y como dice Ovidio, a la conquista y al sexo.

—De acuerdo, nada como el vino para el amor, pero eso sí Ovidio deja muy claro que el vino en exceso acarrea problemas. Eso ocurría por igual en sus tiempos que

son los mismos de Cristo y en estos tiempos sin Cristo
—anotó Pedro Nolasco.

Se rieron al tiempo y Pedro Nolasco, inconsciente-
mente empezó a tutearla:

—Escucha esto —prosiguió—: "No le tengas confianza a la poca claridad de las lámparas. Tanto las sombras externas como las que origina el vino descarrían el
conocimiento justo de los rostros y de los cuerpos de las
mujeres hermosas. La noche esconde los defectos, disimula las imperfecciones".

—Usted lee ese texto con tanta emoción que parece
estar hablando de sus propios recuerdos.

—¿Recuerdos? —dijo con sorpresa Pedro Nolasco.

—Me refiero a que a causa de un exceso de vino
haya terminado embelleciendo a una mujer fea. ¿Me
equivoco? —dijo ella.

—Pues no estaba pensando en eso, pero tal vez me
ocurrió.

—Y por supuesto no lo recuerda claramente —dijo
Lucía con ironía.

—Los malos tragos hay que echarlos al olvido.

Volvieron las risas y Lucía pidió continuar con las
preguntas.

—El poeta también habla de las argucias del amor.
Escucha lo que dice: "Y si bien el hombre no sabe fingir,
ella disimula a la perfección. En su provecho, el hombre no
tiene que apresurarse en el pedido, y la mujer entregada
desde ya, debe hacer la representación de la suplicante".
Pregunta: ¿la mujer finge?

—Él no habla de fingir sino de asumir la representación de la suplicante, un juego de roles a la hora de la conquista sexual, una forma de avivar el deseo. Estoy de acuerdo en que el hombre no tiene que apresurarse en el pedido.

Sus rápidas respuestas tenían a Pedro Nolasco embobado.

—¿La representación de la suplicante es hacerse la difícil?

—Yo prefiero pensar que la mujer, como hembra, permite el juego de la conquista para alimentar y encender el deseo. Tiene que ser un juego legítimo, donde no caben ni fingimientos ni manipulaciones.

—Conclusión: las mujeres no fingen.

—Hoy menos que antes. Las mujeres de hoy queremos disfrutar también de la sexualidad sin que por ello se nos juzgue o señale.

—¿Entonces dejaron de fingir para jugar el rol de la sexualidad?

—Sin duda, aunque siempre habrá mujeres que finjan porque no se conocen lo suficiente como para encontrar su centro de placer, o por la falsa idea de que al hombre hay que hacerlo sentir bien o por temor a parecer muy sexuales, una faceta que ni siquiera es exclusiva de las mujeres. En los animales, la hembra en celo también asume el rol de conquistada, buscada, perseguida. Es un juego de representaciones, no una maniobra. Las mujeres, al igual que los hombres, nos acercamos a la animalidad porque al fin y al cabo de allí venimos.

—Sigamos. Ahora escucha este consejo: "Promete y mucho. No dejes de hacerlo, porque eso no causa problema; todos podemos ser ricos en promesas". Te pregunto si hoy una promesa incumplida se paga cara.

—Muchas promesas son incumplidas porque no responden a las intenciones más íntimas del alma.

—Así es, no lo dudo. Dice el maestro: "Cuidado con los regalos; si le haces alguno sin haberla seducido, te podrías quedar sin regalo y sin amante". ¿Eso es verdad veinte siglos después?

—Es verdad. Si la intención es seducir con el regalo y no con la expresión del amor, el hombre, como dice Ovidio, corre el riesgo de perder la amante, el regalo y su tiempo. Si el obsequio es costoso despierta el interés de las ambiciosas y empobrece el bolsillo de los conquistadores porque la mujer querrá más sin dar nada a cambio. Antes, ahora y siempre habrá avivatas. Por eso hay que saber a quién regalarle y cuándo hacerlo.

—¿Y qué se debe regalar en la conquista?

—Una buena cena, un buen vino, un buen libro y las flores siempre serán oportunas para adornar el amor naciente.

—Ahora veamos lo que escribe el maestro Ovidio sobre las cartas. "La elocuencia deslumbra a las mujeres. Pero hay que disimular el talento y no escribir con términos presumidos". ¿Aplica ese consejo todavía?

—Quizá Ovidio comprendió que las mujeres aman la palabra dulce; la expresión sincera y sencilla cuando de conquista se trata. Elocuencia pero con sabiduría para saber callar.

—Sigue el maestro: "Si ella aplaude una danza, tú debes hacer lo mismo: levántate si lo hace; y siéntate si ella se sienta: sigue sus antojos". ¿Eso no es alimentar caprichos?

—Es posible que así sea, pero, ¿qué tiene de malo acceder a los caprichos de la mujer amada? Las mujeres disfrutan de los halagos. No se trata de congraciarse con nosotras todo el tiempo, pero sí de crear una conexión legítima con nuestros anhelos.

—Estamos de acuerdo. Bueno, y a este consejo sí que quería llegar. Escucha lo que le dice a los hombres el maestro: "No te preocupes por embellecerte el cabello o la piel, esos son ridículos arreglos para afeminados".

—Hoy día es válido pero sólo en parte. Es cierto que el exceso de vanidad desluce hasta al más guapo de los hombres, pero no es cierto que el arreglo del cabello y el cuidado de la piel sean arreglos para afeminados.

—Sigo —dijo Pedro Nolasco con una sonrisa—: "El verdadero varón es hombre sencillo. El despeinado Teseo conquistó a la hija de Minos; Hipólito, que no era elegante, enamoró a Fedra y el brusco Adonis lo hizo con Venus. Tienes que estar limpio, pero con el color que el sol dio a tu piel. Que tu toga esté bien cortada y te envuelva con elegancia". ¿Aplica hoy?

—A la perfección.

—Hay más sobre la presentación personal: "Habla suavemente, ten los dientes con su esmalte; que el calzado esté justo; que los cabellos mal cortados no caigan en mechones; que tu barba no te llene la cara; las uñas estarán limpias y recortadas; que no salgan pelos por tu nariz y que tengas buen aliento. Los detalles restantes déjalos para la mujer".

—Aplican los consejos uno a uno y tal cual.

—Ovidio también le dice a los romanos que halaguen a las mujeres: "Si el pavo real escucha halagos sobre sus plumas, las extiende como un abanico. También en las carreras los caballos se lanzan más con los aplausos".

—A todos nos gusta recibir halagos, pero es mucho mejor concederlos porque engrandecer al otro es engrandecerse uno mismo. De esta forma suman dos engrandecidos que sacan a la luz lo mejor de cada uno.

—Y cierra Ovidio su Primer Libro con esta frase: "Que no crea que vas sólo por su carne, muéstrate, a veces solícito de su amistad: es muy fácil convertirse de amigo en amante".

—Cierra con broche de oro porque la amistad, la ternura y la solidaridad estimulan tremendamente los sentidos en los amantes.

Pedro Nolasco cerró el libro y acordaron continuar luego con los otros tratados del amor. Mientras tomaban café tinto, cada uno contaba su vida. Él habló de su oficio como escritor de artículos y ella de su trabajo como investigadora literaria. Quedaron de verse en ocho días para seguir el juego de Ovidio. Pedro Nolasco la acompañó de nuevo con sus ojos desde la tienda de anticuarios hasta que la vio perderse en la misma esquina.

3

Tu padre murió un día de lluvia, aunque ese día seguramente no llovía por donde él murió. Alcanzaste a contármelo por un correo de computador, antes de desconectarte del mundo para seguir llorando. Me dolió tanto tu dolor que sólo recordarlo sobrecoge mi alma y me dan ganas de acompañarte a llorar. Recuerdo que llovía porque mi computador le da la espalda a una ventana por la que vi caer chorros y granizo, como los que suelen desgranarse sobre la capital cuando las nubes se descongelan en el cielo. El mensaje era breve. Sólo decías: "Se me fue". Que frase tan pequeña y tan infinita al mismo tiempo. "Se me fue" es un viaje sin retorno, un imposible reencuentro, un adiós definitivo y sin opciones. La pequeña frase resumía la larga espera de una agonía a cuentagotas y el adiós absoluto. La escribiste para desconectarte del mundo y concentrarte en tu dolor, en tu ofuscación y en tu rabia. Algo, más allá del padre, dejó de ser. Un pedazo grande de tu origen ha desaparecido, y ahora toca agarrarse de lo que sea para no caer en la misma nada en que nos deja la muerte, para no morirnos con el que se fue.

No conocí a tu padre aunque siento que de alguna manera lo conocí. Medía un metro ochenta y cinco, me dijiste un día, aunque la enfermedad ya le empezaba a robar centímetros. El cáncer había barrido con su cuerpo macizo hasta postrarlo en la delgadez.

Su figura me llegó por una foto de cuerpo entero. Era delgado y alto como una torre. Sus cejas encanecidas embellecían su rostro adusto que se me hizo más cercano a la milicia que a la paz, cuando en tus relatos sobre su vida era sin duda más cercano a la paz que a la milicia.

Lo amabas como él a ti, ángel del cielo. Así te llamaba desde que te vio llegar a casa con esa luz que está eternamente pegada a tu cuerpo y a tu alma, y que a mí me tocaba descubrir, por un indescifrable designio del destino, cuando ya eras mujer, esposa y madre. Tu padre vio en la niña la luz que a mí me tocaba ver en la mujer.

Me duele pensar en tu dolor durante esas largas noches febriles en las que a tu padre se le iba la vida por la boca. Cada amanecer las palabras se restaban en sus labios. Se le iba la voz porque se agotaba el aire, porque las fuerzas de su grandeza habían empezado a regalarle espacio a la muerte.

Me parece verte, sumida en la desolación, con tus ojos atrapados en los ojos de tu madre. En los días de la agonía me hablabas por Internet de un amor intacto de cincuenta años, que tu padre sellaba con frases que sonaban a epílogos de amor. La ciencia médica se había declarado impedida para extender la vida, y la enfermedad atacaba sin misericordia. La familia, pegada a la cama de día y de noche, vigilaba el sueño del padre, sus sobresaltos, sus angustias finales, sus adioses por si la muerte llegaba mientras dormía y sus saludos cuando la muerte lo dejaba despertar de nuevo, hasta que llegó el último adiós sin despertar.

Lucía había leído tantas veces ese texto que le parecía increíble que siempre terminara llorando con las mismas palabras. Nada la acompañaba más en su vida que los recuerdos que dejó plasmados el hombre que, más allá de la muerte, seguía siendo capaz de llenar los espacios de su soledad. Las páginas le traían, al mismo tiempo, a los dos seres que más la habían amado en la vida. La muerte del padre le había quitado un pedazo de su raíz; el abrupto adiós del amante la había dejado sin la comunión del amor que sólo Pedro Nolasco había sido capaz de construir.

Leyendo y releyendo los textos, se preguntaba si lo que estaba escrito había ocurrido de verdad, o si hacía parte de las ocurrencias de un poeta con ojos de guaquero, de un mago o de un hechicero capaz de hacerle creer que en ese universo paralelo por el que transitaban juntos todo era posible.

4

Fue tan larga la ausencia de Lucía por los días en que agonizaba su padre, que Pedro Nolasco inventó una manera de encontrarla en los insomnios, mientras la imaginaba cuidando el prolongado sueño del enfermo y sus efímeros despertares.

Se dedicó a recorrer metódicamente los caminos inocentes que se dibujaban en los maderos del techo de la habitación donde dormía al lado de su esposa, sin tocarla hace años; como si hubiesen instalado en la mitad de la cama un imperceptible muro que impedía el más leve roce.

Sólo un punto de esa enigmática cartografía lo sumergía en las mieles del extravío. Era un lugar marcado caprichosamente en su imaginación por el que se desprendían dos caminos: uno que se recorre con los pies sobre la tierra y otro que hay que andarlo con guantes de seda para no dejar indicio alguno de que pasamos por allí.

A pesar de los riesgos y con la certeza de que los años nos hacen maestros en máscaras y transparencias, tanto en el recuerdo como en el intrincado mapa del techo, la decisión de verse estaba tomada desde siempre, como cuando ella se hizo transparente ante los ojos del mundo, para llegar al cuarto que marcaría en su memoria común de almas gemelas la primera noche que los atraparía hasta el alba en un mar de besos infinitos.

Aquella noche vieron la pequeña ciudad de Lucía desde un octavo piso. Abajo una enorme piscina azul, al frente el cuadro de una ciudad entristecida por la bruma, arriba algunas estrellas a punto de cubrirse de nubes grises y frente a la enorme ventana abierta, los amantes respirando el aroma que exhalan los árboles dormidos.

En un suave viaje de ron, con los ojos puestos en los ojos, evocaron las calles traviesas de la ciudad de Lucía niña, una ciudad en blanco y negro en la que los niños jugaban a las escondidas en las calles, y en la que ella se hacía transparente como esa noche en que se le escondió al mundo para que Pedro Nolasco la hallara.

Llegó mustia, abatida por las calles oscuras, silente, abrumada por la huida. Llegó temblando de miedo como esa luna en el agua que vibra en *Rayuela*. La tranquilizaron los distantes murmullos que entraban al cuarto como silbido de viento. La tranquilizó la ciudad desde el piso octavo.

Con la ventana abierta observaron el mundo ancho y ajeno en un angosto espacio de alquiler. "No pienses en el mañana, gózate este momento sin futuro", dijo ella. Pedro Nolasco obedeció pacientemente la rigurosa exigencia porque se negaba a perder el instante. Era una manera de burlar piadosamente la condición, porque desde aquellos años tenía claro que el futuro no podía ser otra cosa que la suma de instantes, que la búsqueda del instante perfecto.

La estrechó contra su cuerpo en un abrazo suave y apasionado que duró medio siglo. Probó el lóbulo de su oreja izquierda hasta sentir que su cuello blanco y perfumado se desplegaba para los besos. Desnudó sus hombros. La liberó despacio de las ataduras de tela hasta dejarla abierta para entrar en su cuerpo. La besó desde los pies hasta la cabeza, primero suave y dulce, luego fuerte e intenso. En silencio sus caricias hablaban. Le decían cuánto la amaba y cuánto lamentaba no poseerla por siempre.

Con el rostro perdido en el horizonte de una ventana abierta, se untó del mar que desató su vientre y estallaron al tiempo en un cosmos de estrellas. La amó tantas veces esa noche que perdió la cuenta. La amó bajo la bruma que se coló por la ventana abierta y la amó por segunda vez y llovía a chorros y la brisa entraba por la ventana abierta, y la amó por tercera vez con interludios de sueño en los que la seguía amando, y la amó por cuarta vez antes de que saliera, silente y transparente, por la misma puerta por la que había entrado cuando empezó la noche de la cita con el ciclo mágico de los besos, el vino añejo y los latidos de la tierra mojada.

Lucía se hizo transparente ante los ojos del mundo para volver a la casa donde el frío había congelado el amor. Ofuscada por las contradicciones de su alma, organizó su mente y escuchó su corazón rebelde antes de volver a ese punto de la cartografía que la hacía caminar por la ruta de los pies sobre la tierra, mientras él seguía atrapado, con sus guantes de seda, en el camino paralelo por el que terminó metido para ponerse a salvo de las repeticiones, para escapar de lo mismo.

Esa, la primera de sus pocas noches de sueño acompañado, pasó hace tanto tiempo y no tenía futuro. Ella afirmaba, con una certeza incontrovertible, que estaban condenados al ya y al ahora.

Sin embargo, han pasado juntos muchos días, muchos ya y muchos ahora, y aunque insistía en el sin futuro, el día dos fue el futuro del primer día, y así sucesivamente desde los tiempos remotos en que decidieron que no iban a contar las horas, porque lo único que los validaba era el tiempo y el espacio que compartían por fuera de sus propias realidades.

Lucía recordaba la noche del piso octavo, minuto a minuto, y con su *Rayuela*. En el encuentro, que llegaba a su mente como un sueño surrealista, Pedro Nolasco sacó de su maleta el libro de Cortázar y le regaló el capítulo siete. Ya para entonces, la literatura se había metido en el centro exacto de la locura mutua y compartida. Para esa época ya habían acordado sin acuerdo, por el simple hecho de amar la literatura, sorprender al otro con el amor y el erotismo de todas las épocas y de todos los instantes.

Pedro Nolasco empezó a leer: "Toco tu boca, con un dedo toco el borde de tu boca, voy dibujándola como si saliera de mi mano, como si por primera vez tu boca se entreabriera, y me basta cerrar los ojos para deshacerlo todo y recomenzar […]".

Pedro Nolasco paró un momento para mirar a Lucía y ella, que era una maga, vio a Oliveira, el protagonista de la historia, reflejado en Pedro Nolasco.

—"Hago nacer cada vez la boca que deseo, la boca que mi mano elige y te dibuja en la cara, una boca elegida entre todas, con soberana libertad elegida por mí para dibujarla con mi mano en tu cara, y que por un azar que no busco comprender coincide exactamente con la boca que sonríe por debajo de la que mi mano te dibuja".

En ese punto Pedro Nolasco hizo un comentario:

—Basta cerrar mis ojos para saber, al igual que Oliveira, que yo también tengo grabada en la yema de mi índice la forma exacta de tu boca.

Lucía lo escuchó en silencio. Sabía que cualquier palabra que pronunciara desbordaría de amor a Pedro Nolasco. Apagaron la luz y en las tinieblas Pedro ejerció de Oliveira. Recorrió los labios de Lucía rozándolos con su dedo mientras leía de memoria: "Y si nos mordemos el dolor es dulce, y si nos ahogamos en un breve y terrible absorber simultáneo del aliento, esa instantánea muerte es bella. Y hay una sola saliva y un solo sabor a fruta madura, y yo te siento temblar contra mí como una luna en el agua".

Y la besó e inhaló su aliento y Lucía vibró como esa luna en el agua que tiembla en las páginas de *Rayuela,* y los dos se sintieron morir en el aliento del otro y volvieron a nacer para querer morir de nuevo en un abrazo infinito.

5

PEDRO NOLASCO LLEGÓ AL PERIÓDICO antes del mediodía. A esa hora, la sala de redacción bullía y los reporteros, refugiados detrás de los computadores, escribían sus noticias como si fueran capítulos sin pasado. Casi todos están amarrados a mil ochocientos caracteres para contar sus historias, algo así como una hoja tamaño carta. La regla no aplica para cronistas —una especie en vía de extinción— o para las notas de la página principal que siempre tienen más despliegue. En esos dos casos, el texto puede alcanzar los cuatro mil caracteres.

La historia de una niña que apareció muerta en un campo de cebada en las afueras de la capital acapara el espacio principal del periódico. El director ha sentenciado que las tragedias están hechas para abrir los periódicos, los espacios radiales de noticias y de televisión, porque sin tragedia el espectáculo humano no tiene gracia. "Seamos prácticos. La información tiene que venderse como si fuera pan recién salido del horno, como si fuera una buena película, porque la información es parte del mercado. Si la información no es entretenida nos gana la competencia y hay que cerrar el negocio".

A Pedro Nolasco esa mirada no lo convencía del todo, pero ya había dado los debates con el doctor Durango y no había cómo quitarle esa idea de la cabeza. Los gestos del director parecían no estar de acuerdo con sus palabras, pero sus palabras sí estaban plenamente de acuerdo con lo que hacía para sobrevivir en el medio. "El problema es que así lo pide el público, el mismo público que elige los líderes que tiene. ¡Qué más podemos esperar!". Eso significa, interpretando a Durango, que más allá de lo amarillista que suene para muchos la tragedia de la niña, hay que abrir con esa historia porque así lo piden los consumidores de noticias.

Durango siempre cita el mismo ejemplo, aunque podría sacar muchos de su larga carrera. "El día que el periódico se la jugó por abrir la primera página con un informe de fondo sobre la ley de inversión extranjera, las ventas se fueron al traste. El periódico de la competencia abrió con la historia de una colegiala a la que habían sorprendido con una pistola entre los calzones y vendieron por montón".

—¿Cómo hacer periodismo cuando todo el tiempo dependemos de las ventas? —preguntó Pedro Nolasco.

—Sencillo. Escribir historias que se vendan. Te lo digo así, Pedro Nolasco. Vende más la historia de un asesino en serie, que un análisis de la ley de presupuesto, así nuestro futuro y el de todos dependa de la inversión y el gasto público —Durango guardó silencio un instante como tomándose un aire antes de continuar—. De lo que se trata es de adaptarse a las condiciones para no morir. Eso es lo que he hecho toda la vida. Somos unos hipócritas o tú, por ejemplo, como lector, ¿prefieres leer la historia del asesino o la del presupuesto?

—Pues la verdad es que si la historia del asesino está bien contada me quedo con esa historia. Pero en mi caso, lo más seguro es que también me lea la del presupuesto.

—Ese es tu caso y prefieres la historia del asesino en serie. Así piensan las mayorías. Eligen las historias truculentas a los ladrillos informativos, así sean muy profundos.

Pedro Nolasco sabía que el doctor Durango tenía razón, pero por nada de mundo se la daba. Con el ánimo dispuesto a no seguirle la cuerda, argumentaba que cuando las ventas dominan el periodismo, lo trivial triunfa sobre lo profundo, el chisme es más valorado que la realidad, vende más la revista de farándula que la de noticias serias, el registro es más leído que el contexto.

—La gente necesita estar enterada de lo que pasa y no leerse un tratado para comprender la realidad —sentenciaba Durango—. Nosotros no somos profesores universitarios. Somos periodistas y nos debemos a un público que cada vez tiene más afán y quiere estar informado rapidito y nada más.

Con esas premisas de Durango, desde un siniestro aéreo hasta una decisión presidencial había que convertirla en atractiva para sacarla al mercado de la noticia. "Si pintamos bien una noticia y le ponemos un moño que la adorne ganaremos lectores, ¡pero ojo!, no se trata de inventar, se trata solamente de saber contar el cuento bien contado. Recuerde que nuestros anunciadores consultan nuestras ventas para ofrecer sus productos. Ese es nuestro *rating*".

En esas montañas vive el periodista. Asciende y desciende caprichosamente según los intereses del público que lo lee en los periódicos, lo escucha en la radio o lo ve en la televisión. No queda otro remedio, afirma Durango, que aprender a recorrer esas fatigosas rutas del *rating* o el riesgoso sube y baja de las estadísticas de las ventas de los diarios para sobrevivir en un medio. La mejor manera, para él, de recorrer esas sinuosas montañas sin chocarse, consiste en entender que las noticias rápidas, como las comidas rápidas, no alimentan, sólo sirven para saber qué está pasando, sin que eso sea útil para nutrir el intelecto.

Todas las disertaciones de Durango, sumadas una tras otra —pensaba Pedro Nolasco— explican por qué los periodistas viven al día, alejados de la noción de futuro, atrapados en un mundo sin horizonte. Los grandes proyectos de la mayoría de reporteros nacen y mueren el mismo día, y en el mejor de los casos en cuarenta y ocho horas. Eso los hace seres sin proyecto, o para ser más justos, seres con proyectos de corto plazo, como lo somos casi todos los mortales que nos tocó nacer en la era de la inmediatez, del ya y el ahora, en la que el hombre es la medida de lo que tenga rápido porque el tiempo corre, y no de lo que pueda llegar a ser o a tener con el mérito de la experiencia. Hoy un periodista cubre una noticia y mañana cubrirá otra; más aún en un país donde todo pasa tan rápido que no hay tiempo para detenerse a pensarlo. Cada noticia es un proyecto de vida, y una vez se publica queda un vacío tan grande en el estómago que hay que llenarlo con otro proyecto que resulta ser otra noticia que morirá al día siguiente.

Así compartiera algunos criterios del doctor Durango, Pedro Nolasco había convertido en política personal no darle la razón. Jugaba a contradecirlo porque sabía que la amistad entre los dos era indestructible. Sabía que la noticia como noticia no está en venta, pero el espacio en que se transmite sí. Lo sabía pero no se lo reconocía a Durango bajo ninguna circunstancia, porque sería deponer sus principios a la praxis de su amigo el director. Sabía que todo lo que se publica puede ser consumido o desechado por los lectores, lo que obliga al periodista a convertir sus textos en atractivos. "No se trata, eso sí, de llenar por llenar", sentencia otra vez Durango, "La idea es llenar para atrapar lectores, ojalá con un acontecimiento de último minuto al que se llegue primero que la competencia". En ese trabajo de ganarle a la competencia, el doctor Durango era maestro de sutiles presiones para lograr que el periodista elija entre buscar primicias o perder el puesto.

El reloj del periodismo, donde la vida se mueve con la velocidad de una microonda o de un satélite, donde las fotos llegan en segundos desde los sitios más remotos del planeta, no da tiempo para la reflexión. Una bomba allá o un incendio más allá deben ser registrados de inmediato, primero en la página de Internet y después en el papel. Las noticias no dan espera y hay que acercarse a ellas lo más pronto posible, pero con verificación para no desgastarse en rectificaciones que desprestigian.

Pedro Nolasco llegó al periódico con su columna debajo del brazo. Como siempre, cargaba denuncias muy bien documentadas sobre las malas prácticas de un Gobierno que vivía en la bonanza de la favorabilidad de las encuestas. Gracias a un trabajo meticuloso y bien sustentado, Pedro Nolasco se había consolidado como uno de los más serios críticos del Presidente. Había denunciado oscuras alianzas de miembros del Gobierno con paramilitares en proceso de desarme, aberrantes circulares que ofrecían recompensas por bajas enemigas que terminaron en masacre de inocentes, y oscuras negociaciones con congresistas para cambiar la Constitución al tamaño de las necesidades del Ejecutivo. Ahora, bajo el brazo, llevaba el primer artículo de un nuevo exceso gubernamental: la interceptación de comunicaciones a los miembros de la oposición, y a los investigadores de los tribunales especiales que llevaban los casos más sonados en los que estaba involucrada la figura presidencial.

6

Lloraste tanto a tu padre que terminé reconociendo en tus lágrimas el sabor a hostia que produce tu cuerpo. Me decías que
tus lágrimas sabían a sal, como las lágrimas de todos los que lloran, pero a mí además de saberme a sal, me sabían a hostia
porque al sorberlas comulgaba con tu alma.
Por mi hombro desnudo rodaron tus lágrimas y
en mis poros se armaron lagunas con tu llanto. Cuánto sufrí en silencio tu dolor. Te
quedabas dormida sobre mi pecho de agua y
yo callaba para no usurparte el sueño. ¿Qué
soñabas cuando dejabas de llorar? ¿Dónde
iban a parar tus lágrimas? Extasiado, dura-
ba horas enteras vigilando tu sueño, prote-
giéndolo de los sobresaltos, como lo hacías
con tu padre en la larga agonía. Tu cuerpo
se convertía en caracol como si en el sueño quisieras volver a los orígenes; volver
a tu madre semilla y a tu padre sembrador.
Te chupabas el dedo pulgar como si quisieras reintegrarte al vientre del que provie-
nes. Dormías como la flor cuando se cierra al
mundo y al despertar abrías para mí la otra
flor, la que atrapo en la punta de mi lengua
y en la que muerdo levemente, en una larga caricia, sus pétalos de labio, su carnosa
montaña y sus abismos.
A la feliz agonía de nuestros estertores
de amor, añadiste una rabia guardada. Dijiste que te gustaría no disfrutar tanto,
que te hacía daño nuestro goce común, que el

éxtasis de la pasión se volvía culpa y agi-
gantaba el sentimiento sombrío de la traición. Lo dijiste con una lágrima estancada,
como si decirlo te liberara de la carga.

¿Y si no fuéramos volcán, sincronismo erótico, pasión desbordada, éxtasis y disfrute,
te pesaría el amor? Anticipo mi respuesta,
sin escuchar la tuya. Somos todo porque a
la alianza de las almas le hemos sumado los
cuerpos, la pulsión simultánea y la locura.

Quieres huir, lo intuyo hace tiempo. Quieres salvar lo que tienes porque es más có-
modo y real que esta locura de amor que nos
arrasa; porque soy el azar y él la realidad;
porque soy la posibilidad y él la certeza;
porque soy el error y él la formalidad; porque soy el juego y él la solemnidad; porque
soy el padre de unos hijos que no son tuyos
y tú eres la madre de unas hijas que no son
mías; porque soy el amor y el otro es la razón. Por todo eso quieres huir pero no en-
cuentras la ruta de salida.

Soy y sigo siendo porque sólo basta con hablar para empaparnos en el deseo del otro,
porque entre una llamada telefónica y un encuentro sólo hay treinta y cinco minutos de
espera. Nada nos separa y todo lo inventa-
mos para hallarnos. Tejemos el camino para
vernos, para evadirnos por la ruta paralela
que nos hemos inventado y aun así, quieres
huir porque te azota la culpa, pero te quedas porque estás atada a mi pasión y porque
desde siempre y para siempre nos enaltecemos
en el otro.

No olvido, quizá no lo recuerdes, que una
de nuestras primeras conversaciones giró en
torno de la palabra nostalgia. La cogimos
por nuestra cuenta, la desnudamos, le quita-
mos las vocales una a una, la desarmamos, la
volvimos a armar como a un rompecabezas y,
al final, descubrimos que sonaba a lejanía,
a pesadumbre, a dolor, a hueco en el estómago, a incomprensible desazón, a principio de
los tiempos, a vientre materno, a remota vivencia calcificada en los genes como enigma

y recuerdo, a lágrima, a desgarramiento, a
ruptura, a todo y a nada. Siento que nos
agarramos de esa nada que acompaña la palabra nostalgia para salvarnos de la depreda-
ción de la tristeza en que habíamos metido
nuestras vidas.

De nuestra ancestral zoología nos trajimos
la araña para tejer inconsciente e inocente-
mente las suaves y finas redes en las que
nos hemos ido quedando atrapados por cuenta
y riesgo de nuestros propios actos. No hay
nada racional en esa construcción, pero sí
la lógica de un futuro que arma, aunque lo
niegues, la abstracta proyección de nuestro
oráculo personal y conjunto.

No sé cómo ni a qué horas mi corazón tendió un puente con el tuyo. Esos puentes son
invisibles, se tejen con las magias del
otro, nos amarran al futuro así no lo quera-
mos. Así me até a ti, con tu magia de luces,
con tus tonos, con los rayos del sol que te
persiguen a todas partes, con esa piel que
me conecta al cosmos, con tus temas y tus
preocupaciones, con tus angustias que se parecen a las mías, con tus alas cortadas como
las mías pero con sueños de alas como los
míos.

Perdido en el laberinto de una soledad
acompañada, vi tu luz pasar entre un mundo
de sombras. La primera vez, en la biblioteca
pública, pensé que volabas. Me pareció verte, con tu traje blanco, a diez centímetros
del suelo. Te elevabas como una mariposa. Te
rodeaba un suave color dorado como si el sol
pretendiera duplicarse en tu cuerpo o como
si tu cuerpo se hubiese apropiado de un pedazo de estrella. Te vi sola en la mitad de
la nada esperando a otro ser para ser todo,
aunque lo negabas con la certeza de la voz,
mas no con la del alma. Aun así somos el
todo, los dos somos el todo. ¿O es que eres
el todo con él, con ese hombre que te busca
y no te encuentra porque estás conmigo?

7

Lucía Bretón le había devuelto las estrellas después de largos años sin cielo. Viviendo entre edificios y trabajando largas jornadas frente a un computador, había olvidado que el cielo existía, que un firmamento lleno de estrellas era el escenario de los interrogatorios de la vida, que pensar el cielo y verlo nos devuelve el sentido, nos saca de la absurda idea de que somos superiores, ángeles caídos del cielo y no animales en evolución. No somos siquiera un grano de arena frente a la inmensidad del universo. En reconocernos como parte de ese todo está la verdadera grandeza, pensaba Pedro Nolasco.

Lucía vivía con su esposo y sus hijas en la cima de una montaña, a veinticinco minutos de la capital por el occidente. El camino era zigzagueante y las flores parecían crecer silvestres a lado y lado de la vía. Para llegar a su casa había que desviar por un camino de herradura por el que sólo cabía un carro.

Pedro Nolasco la recogía doscientos metros adelante de esa entrada, por el camino a San Isidro del Valle, bajo una enramada que hacía invisible su carro. Allí se citaban para tomar el camino a la hacienda Villa Margarita que quedaba a treinta y cinco kilómetros de distancia a una velocidad de setenta kilómetros por hora.

En San Isidro del Valle nadie los conocía y podían caminar tranquilos por sus calles adoquinadas, entrar a cualquier restaurante en el marco de la plaza, sentarse en los bancos de madera debajo de la acacia morada que era el símbolo del municipio o en las escaleras que llevaban al soberbio libertador que apuntaba con su espada al cielo como retando a los dioses. Podían recorrer la casa donde algún prócer dejó sus recuerdos el día que lo fusilaron, o deambular por el museo que exhibía el glorioso pasado de unos huesos prehistóricos y unas fotografías en blanco y negro en las que aparecían hombres de grandes mostachos y mujeres que exageraban el recato.

Habían encontrado en los alrededores del municipio una hacienda que habían alquilado para sus citas de lectura. El chalet, ubicado en la cima de una pequeña montaña, estaba cercado por jardines de tulipanes amarillos y blancos que brotaban generosos mirando al sol.

Siempre elegían la habitación más grande de la casa, desde cuyas ventanas el mundo se abría en un concierto de montañas, verde tras verde, lima, jade, oliva, espárrago, ámbar, verde tras verde. Se maravillaban en el silencio de ese paraíso y frente a frente, al lado de la ventana, sólo se les ocurría dejarse llevar por los besos y dejarse ver por los árboles y por los pájaros que revoloteaban en los alrededores.

Fue allá, desnudos sobre una cama de caoba con cabecera de arabescos, donde más compartieron el erotismo en la literatura. El primer libro que leyeron juntos en ese lugar de ensueño al que decidieron llamar El Paraíso, fue *Lisístrata*; sobre la griega que convocó a las mujeres de su pueblo a negar los favores conyugales para acabar con las desgracias de la guerra. Esa mujer de Aristófanes los embobó con su rotunda negativa a alzar hacia el techo sus sandalias de Persia mientras su marido persistiera en ir a la batalla. Después de disfrutar la lectura, escogieron un pedazo del texto para jugar. Lucía hizo de Lisístrata e invitó a Pedro Nolasco a hacer de Cleonice, la representante de todas las mujeres sobre las que Lisístrata ejercía el liderazgo de una revolución pacífica sustentada en el rechazo a las armas. Lucía puso las reglas de juego.

—Tú sólo repites lo que Lisístrata dice. ¿De acuerdo?

—De acuerdo, Lisístrata.

—No olvides Pedro Cleonice —dijo Lucía sofocando una carcajada— que así sellaron las mujeres el compromiso de no amar a sus hombres mientras no dejaran las armas. Empiezo: "Todas quedan obligadas al mismo juramento. ¿Ya? Ningún hombre quien sea, ni amante ni marido…".

—Ningún hombre quien sea, ni amante ni marido… —repitió obediente la improvisada Cleonice de Pedro Nolasco.

—"… se acercará a mí con su arma enhiesta…".

—Se acercará a mí con su arma… ¡Ay, Lisístrata, se me doblan las rodillas…!

—"He de vivir sin amor y sin hombre".

—He de vivir sin amor y sin hombre.

—"Vestida con mi bata de color de azafrán y bien acicalada".

—Vestida con mi bata de color de azafrán y bien acicalada.

—"Para que cuando mi hombre se queme de deseo…".

—Para que cuando mi hombre se queme de deseo…

—"Yo nunca a mi marido le habré de dar gusto…".

—Yo nunca a mi marido le habré de dar gusto…

—"Pero si él por la fuerza me violenta…"

—Pero si él por la fuerza me violenta…

—"… me mostraré pasiva, sin moverme siquiera…".

—… me mostraré pasiva, sin moverme siquiera…

—"No alzaré yo hacia el techo mis sandalias de Persia…".

—No alzaré yo hacia el techo mis sandalias de Persia…

—"No me rendiré cual leona sobre el mango caliente…".

—No me rendiré cual leona sobre el mango caliente…

—"¿Todas juntas juran todo esto?".

—¡Por Zeus que sí! —Pedro Cleonice cierra el acta de compromiso y sin dejar espacio a interrupciones pregunta a Lucía Lisístrata:

—¿Será que al clausurar una de las principales fuentes de placer, las mujeres demuestran que allí está el centro de su poder sobre los hombres?

—No —respondió Lucía con la misma rapidez mental de siempre—. No porque la mujer también está renunciando a su sexualidad, a atender las vibraciones de su cuerpo. Ella también pone en riesgo la fidelidad de su hombre, porque ante las negativas sexuales él puede buscar sosiego en otra parte, en otros cuerpos que sí estén abiertos. Lisístrata simboliza la rebelión femenina y feminista. Las mujeres asumen un papel activo frente a la guerra y los males de Grecia. Se dejaron ver pensantes, decididas y fuertes, con la certeza de que el verdadero poder trasciende las armas.

—Uno podría pensar que quinientos años antes de Cristo la paz era más importante que el sexo para las mujeres.

—Cuando se pierden los hijos o los padres en la guerra, es más importante la paz. No lo dudes. En lugar de parir hijos para la guerra, la mujer prefiere negarse al placer.

—¿Dominan el mundo desde su mente y desde su cuerpo?

—Conocemos nuestro poder y va más allá de los senos y de los genitales. Lisístrata y las otras mujeres triunfan porque usan la inteligencia y la sabiduría, porque son dueñas del único territorio en el que los hombres pueden canalizar sus energías y sus miedos.

—¿El territorio que se esconde entre las piernas?

—Y en muchos otros espacios del cuerpo.

8

Eʟ ᴘʀɪᴍᴇʀ ᴀʀᴛíᴄᴜʟᴏ ᴅᴇ Pᴇᴅʀᴏ Nolasco sobre las interceptaciones telefónicas a los miembros de la oposición
cayó muy mal en el Gobierno. El propio Presidente salió a decir que todo era un montaje hecho por encargo
de los amigos de subvertir el orden constitucional. No le
tembló la voz para asegurar que el mismo periodista que
hablaba de circulares asesinas para inflar las cifras de la
guerra con muertos inocentes, y que había despotricado
de la figura presidencial porque el honorable Congreso
en su sabiduría había aprobado el proyecto de reelección,
era el que ahora difamaba contra el Gobierno al afirmar que se estaba espiando a la gente desde la entidad
de inteligencia del Estado, "nada más falso", vociferaba
el Presidente, "estamos frente a un difamador profesional
que agazapado detrás de una pluma, atenta contra la ins-
titucionalidad. Ese hombre hace parte de los enemigos
del Estado de Derecho, que se amparan en una ideología
para destruir el Establecimiento para subvertir el orden.
Hace unos meses decía que los excesos de algunos mili-
tares eran una política de Estado. Hoy asegura que desde
el Gobierno estamos espiando a la oposición. Nada más

calumnioso. Su intención malsana consiste en despresti-
giar a nivel nacional e internacional al Gobierno con el
fin exclusivo de desestabilizarlo. He defendido la libertad
de prensa y lo seguiré haciendo, pero no vamos a permitir que la calumnia se enquiste en los medios de comuni-
cación para fortalecer a los enemigos de la democracia".

Pedro Nolasco lo escuchó atentamente por televisión y sintió que sus palabras eran un cuchillo que lo cruzaba de lado a lado. Sabía que ese discurso tenía la clara
intención de acallarlo por la vía del miedo, someterlo al
escarnio público en una nación apasionada por sus líderes
populistas. Alcanzó a pensar que la idea del Presidente era
condenarlo a morir en manos de algún loco desadaptado
que quisiera vengar la afrenta a su líder.

Buscó por Internet las palabras del Presidente para
repensarlas mejor. En su intervención, no había una sola
referencia a las pruebas que acompañaban su denuncia. No
había dicho nada del documento de inteligencia que Pedro
Nolasco había divulgado y en el que se revelaban detallada-
mente las conversaciones telefónicas del líder de la oposición, las horas exactas en las que se había movilizado por la
ciudad y cada uno de sus destinos. El jefe opositor aseguraba
en el artículo que efectivamente había hecho esos itinerarios, y que había conversado con las personas que aparecían en el documento al que Pedro Nolasco había tenido
acceso. Frente a ese hecho irrefutable, el Presidente no había
dicho nada. Se había dedicado a estigmatizar, a transformar
en enemigo de la patria a un ciudadano que se había atre-
vido a denunciar públicamente los excesos del Gobierno.

"No había duda", decía Pedro Nolasco en el artículo, "el Presidente era el destinatario final de los resultados de la interceptación".

Fernanda, la esposa de Pedro Nolasco, siempre había disfrazado con silencio sus preocupaciones por los artículos de su marido para no llenarlo de sus propias angustias. Era una mujer comprometida con su hogar y dedicada a los hijos, a tal punto que había sacrificado su profesión de educadora para centrar su vida en la familia. Esas cualidades tan escasas en estos tiempos, le pesaban a Pedro Nolasco. Se sentía atrapado en su propia traición, incapaz de dejar a Lucía para concentrarse en Fernanda, como si las dos, Lucía y Fernanda, fueran complementarias.

Esta vez, pensaba Fernanda, el silencio era cobardía, y por eso tocó abiertamente el tema con Pedro Nolasco y le manifestó sus miedos.

—No te preocupes —repuso Pedro Nolasco besándole la frente—. Lo que menos le interesa al Gobierno es hacerme daño porque todos señalarían al Presidente.

En la montaña, a varios kilómetros de la casa de Pedro Nolasco, las palabras del primer mandatario también habían sembrado de angustia a Lucía Bretón, quien las había escuchado en compañía de su esposo sin oír los comentarios que él le hacía.

—Oye —dijo el marido subiendo la voz.

—Disculpa, ¿qué decías?

—Te preguntaba que en quién crees, ¿en el columnista o en el Presidente? —Pues en el periodista —dijo sin pensar en sus palabras y se sonrojó.

—Me niego a creer que el Gobierno sea capaz de semejante absurdo. Espiar a la oposición y dejar pruebas sueltas no tiene sentido.

—Suena ridículo, pero si graban a una persona pues tienen que elaborar el informe de lo que grabaron. O, por lo menos, en algún lugar queda la grabación —aventuró Lucía.

—Ese periodista está en aprietos. Después de lo que dijo del Presidente, lo pueden hasta matar.

La frase le produjo a Lucía una palidez inmediata. Sus labios se pusieron blancos como el papel, el corazón se aceleró, se sintió desfallecer.

—¿Qué te pasa? —el marido la cogió del brazo cuando creyó que iba a desvanecerse, la llevó a la cama, levantó las cobijas y la arropó con gran cariño.

—No es nada, tranquilo. Ha sido un día pesado y me siento agotada.

—Voy a prepararte una taza de té caliente. Creo que te hará bien.

Se dirigió hacia la cocina y dejó a Lucía sola con sus pensamientos. "¿Cómo podía serle infiel a un hombre que corría para atender sus urgencias; que no la abandonaba?". La perturbó su vida paralela y se puso a llorar.

9

Las traiciones del cuerpo y el alma habían quedado en el pasado, pero solían regresar a la ventana de su habitación vestidas de recuerdo. Ya entrada en años, las añoranzas de Pedro Nolasco, los instantes vividos a su lado en clandestinidad, le parecían un derecho y no una infidelidad. "¿Qué habría sido de mí —se preguntaba— si Pedro Nolasco no hubiera existido?". A renglón seguido, ella misma se respondía. "Me habría muerto sin conocer el amor y sin saber qué es la pasión desbordada". Pensar en su cotidianidad de los últimos treinta años le ratificaba la idea.

Lucía y su esposo dormían en la misma cama, desayunaban y almorzaban juntos todos los días como en un ritual de autómatas, no se daban un abrazo ni un beso hacía años y pasaban días y días en los que sólo hablaban lo necesario como para no perder la costumbre del habla. Desde que las hijas habían partido, cada uno vivía una extraña modalidad del matrimonio que bien podría llamarse "soledad acompañada". Vivían juntos buscando el momento de escapar del otro.

Todos los días, sin falta, él salía de la casa después del almuerzo y cogía camino a la capital para verse con sus

amigos jubilados en el billar de siempre. Los dos espe-
raban ansiosos ese momento para gozar cada uno de su
pedazo de libertad. Mientras él se divertía, Lucía distri-
buía sus tardes en reunirse con las dos amigas que le había
dejado la vida después de restar y restar, o en sentarse
en la mecedora a leer a los clásicos o a ese clásico del
alma que le había dejado el amor de la vida. Las líneas de
Pedro Nolasco se le habían convertido en una adicción.
Las había leído tantas veces que las recitaba con los ojos
cerrados sin mirar la página, mientras revivía las locuras
en las que se había metido por cuenta de la revelación
encandiladora del amor.

¿Cuántos años y cuántas cosas pasaron en
nuestras vidas antes de que desplegaras la
flor para mis besos? Al principio ni siquiera abrías la boca. Mis labios quedaban vacíos en el desierto de tus besos esquivos.
¿Me amabas entonces? ¿Qué sentías por mí?
Casi ni cerrabas los ojos quizá temiendo que
te atrapara con un beso. Quizá eludías las
eternas llamas de los labios fundidos. Es-
capabas al roce. Tus huidizos labios no du-
raban más que un abrir y cerrar de ojos en
contacto con mis labios; eran besos efímeros
y temblorosos, eran breves y esquivos pero
ardían en mi boca. Muchas veces, buscando
tus labios, caí en una mejilla, en un ojo,
en la frente, en una oreja o en la comisura
de los labios.
   La vida da vueltas. Eludías mis besos y hoy
los buscas. Años después de haberme enamora-
do de la niña grande que se tragaba el sol
por el simple hecho de caminar bajo sus rayos, abriste la boca para mis besos. Cerras-
te los ojos, separaste levemente tus labios,
sentí que tu lengua paseaba mis dientes y
dejé que mi lengua se mojara en tu lengua.

Como en el tango, en un beso la vida y en tus brazos la muerte.

Mucho tiempo después descendí a la flor. Aún recuerdo el camino, el espacio transitado esa mágica noche, tu cuerpo tembloroso, tu piel salina. Besé los botones de tus pechos que no se abren pero se inflaman en mis labios, que cambian de color cuando los tocan mis besos, se erizan, se vuelven una ola en tu cuerpo. Caminé por el centro, camino de tu vientre, lamí tu ombligo de niña llorona y recorrí en el tren de los besos la ruta de tu pubis, subí y bajé por tus laderas venusinas hasta que mis labios cayeron en la flor que conduce al centro mismo de tu cuerpo hecho de carne, fuego y agua. Besé por primera vez tu mundo ignoto, lo colonicé con mi lengua, lo mordí con los labios y despertó la esponja, te mordí y gemiste, y te sigo mordiendo porque lo pides, suave para no lastimarte, suave porque mi amor es suave para amarte. Beso la flor y la flor me besa, me absorbe con sus labios, me succiona. Bailas sobre la punta de mi lengua y sorbo tu vientre como chupándote el alma, antes de bañarte por dentro con mi alma en forma de simiente.

Te amo en el sexo, también en la palabra y también en el silencio. Te amo en la piel porque allí descubrí tu aura mágica, tu calor, el imán que no me deja ir, que me arraiga, del que me dejo atrapar para quedarme. Amo la posibilidad cósmica de deambular por tu cuerpo y de cercarte a besos. Te amo en la palabra porque fue allí donde te descubrí, donde vi tu grandeza y tu magia. Fue en la palabra donde vi un mundo lleno y no la barca vacía de esta modernidad sin fondo. Siento que hablarte es la forma verbal de amarte; siento que al escucharte echo anclas en el fondo de tu alma. Te amo en el silencio porque el mundo callado me permitió extasiarme en tus ojos, en tu boca, en tu tenue luz amarilla. Te amo en el silencio de tus sueños cuando te he visto dormir, y cuando me he quedado dormido en la almohada

> de tus sueños y he sentido que sueñas que me
> sueñas mientras en mi sueño sueño que te sue-
> ño. Amo la cara que pusiste cuando te dije que
> para mí eras todas las mujeres, que eras Ma-
> tilde Urbach.

Pedro Nolasco se refería a uno de los escritos más breves de Jorge Luis Borges: "Yo, que tantos hombres he sido, no he sido nunca aquel en cuyo amor desfallecía Matilde Urbach".

—¿Quién fue aquel que gozó de esos besos, de esa piel, de ese desfallecimiento glorioso del cuerpo y del alma que cae agobiado en el orgasmo de la felicidad? —Pedro Nolasco hacía la pregunta mientras buscaba la respuesta entre sus apuntes.

Matilde Urbach era la protagonista de una novela olvidada y poco leída que sin duda había llegado a las manos de Borges. La mujer se enamoró locamente de un militar alemán, que en su agonía le hizo prometer que no desfallecería jamás en otros brazos.

—Escucha el diálogo entre el militar y la mujer. Él le dijo: "Yo solamente soy un hombre, pero el más dichoso sería sobre la superficie de la tierra si por nadie más que por mí tú te consumieras de amor cuando yo ya no esté". Ella respondió: "Ningún hombre del mundo sabrá nunca el sabor de mis labios y ningún hombre del mundo podrá conseguir que yo desfallezca por conocer el sabor de los suyos".

—¡Qué egoísmo! —exclamó Lucía— Matilde Urbach tuvo que terminar en una celda de religiosa para escapar del mundo.

—¿Eso es posible? Matilde, que desfalleció en un beso, ¿puede evitar nuevos desfallecimientos en otros brazos?

—Es posible que sólo quisiera desfallecer con él.

—¿Y cómo calma sus ardores? —insistió Pedro Nolasco.

—Quizá con los recuerdos, o con ella misma para no incumplir la promesa, pero, ¿por qué dices que yo soy Matilde Urbach?

—Jamás te impondría una promesa como la del soldado, pero eres Matilde Urbach porque sumas a todas las mujeres en una sola, la soñada, la amada, la deseada, la incompartible. Eres todas las mujeres, eres Eva, porque cuando ella ofreció la manzana hizo hombres más humanos, más carnales, más espirituales, más enamorados, más soñadores, más realistas y más egoístas; ese soy yo porque quisiera que nunca otra boca te besara, porque me haces total como lo fue el soldado alemán en los brazos de Matilde Urbach.

Pedro Nolasco ya no estaba, pero a Lucía los recuerdos le llegaban intactos, como si hubiesen quedado grabados en la prodigiosa memoria de su alma. Con sus ojos perdidos entre las copas de los árboles que se veían a lo lejos desde la ventana, Lucía pensaba que el amor verdadero llegó a su vida como una avalancha tardía, y lo gozó en la clandestinidad para no herir a nadie, para no dejarlo escapar, así todos los días se le fuera de las manos. "Antes de que existiéramos los dos para ser uno, una falsa versión del amor, disfrazada de agradecimiento, de

emociones fútiles, de agitaciones repentinas, de deslum-
bramientos efímeros, de falsa eternidad, nos había enredado el camino", pensaba.

10

Pedro Nolasco no enredaba los asuntos de su trabajo con su vida personal. "Las preocupaciones del trabajo se quedan en el trabajo", decía y luchaba contra el mundo con tal de aplicar esa sentencia que le parecía la más sana estrategia para conseguir la felicidad.

Pero a medida que revelaba en sus columnas nuevos detalles del nefasto espionaje a la oposición, que además de interceptaciones telefónicas, incluía seguimientos a todos y cada uno de los miembros de las familias de los políticos no subordinados al Presidente, incluidos los niños que iban al jardín infantil, su vida se hacía menos privada. Su nombre era referencia obligada cada vez que hablaban por radio o televisión de los escándalos presidenciales.

Su gran preocupación era Lucía Bretón, a quien protegía de los murmullos del mundo porque la fórmula de la eternidad de ese amor era hacerse invisibles. La sensación de que el mundo desaparecía cuando se amaban a escondidas los hacía sentirse habitantes exclusivos de una invulnerable burbuja mágica. Cuando comulgaban en el tributo mutuo de los cuerpos y las almas se sentían intocables, imperturbables. Sabían de las amenazas del mundo sobre su mundo, pero sentían que el mundo los ignoraba como ellos al mundo. Solo importaban ellos en su entrega; el mundo era apenas una abstracción.

Te sientas desnuda sobre una de mis piernas desnudas y mi dedo corazón se hunde en
el fango acuoso de tu vértice tibio y llega al centro exacto donde bulle tu cuerpo.
Caigo bocarriba y gateas con tus rodillas a
lado y. lado de mi cuerpo hasta que dejas tu
flor a la altura de mi boca para que te bese
y me unte del polen que sale de tu cuerpo con sabor a sal, a salvia, a granadilla.
Siento que somos uno, indivisibles, comple-
mentarios, únicos, y me aprietas la cara entre tus piernas y sólo busco un pedacito de
aire para no morirme en la dicha de besar tu
vértice, y se te escapan sonidos por la boca
como si salieran del fondo de tu vientre y
me pides que me hunda en el fondo del lodo
que emana de tu tierra.
Te quedas dormida mientras mis ojos descan-
san en tus sueños. Sabes una cosa: entre más
te miro, más me gustas. Me gusta el pelo que
cae en la frente, que baila en la brisa, que
te tapa las sienes; me gusta la frente que se
eleva perfecta en tu nariz de reina; me gustan las fosas por las que tomas aire y quisiera ser aire para entrar en tu cuerpo, en
cada inhalación y a cada instante; me gustan
tus ojos que le hablan a mi alma, esos ojos
que veo con mis ojos cerrados; y me gustan
tus cejas, esas líneas perfectas, rojizas,
arabescas; y me gustan tus pestañas para res-
guardarme de la lluvia como en un alero; y
me gusta la leve hondonada que me lleva a tu
boca y me gusta tu boca con su risa constan-
te y me gustan tus dientes porque muerden mis
ansias; me gusta la forma en que tu cuello
me regala tus senos; me gusta el camino que
te amarra al pasado, el ombligo profundo y

sinuoso en el que no cabe la punta de mi lengua; me gustan tus tierras color de canela, y
me gusta la región que se empantana en besos
y me gusta el jugo que vierte tu entraña; me
gustan tus muslos de tigre, ágiles, ansiosos; tus glúteos, firmes como tus senos, y tu
espalda, suave, torneada como en la escultura de la diosa Afrodita; me gustan los pliegues que se arman para dar paso a tus largas
piernas blancas y me gustan tus pies y hasta
el dedo pequeño con carita de muerto.

Cuando Lucía Bretón abrió los ojos, Pedro Nolasco tenía en sus manos *Las flores del mal.* Lucía quedó atrapada en la fotografía del poeta maldito, montada sobre un rojo tenue. A Baudelaire se le salía la tristeza por los ojos que se perdían entre las sombras de sus párpados fríos.

—Murió tan joven y parecía tan viejo —susurró.

—Lo mató el amor —dijo Pedro Nolasco.

—Es verdad. Le tocó en suerte una mujer que era trampa y consuelo, felicidad y padecimiento.

—La mujer fatal. Puro goce y dolor al mismo tiempo.

—De esas hay por montones.

—Pero, ¿por qué un hombre es capaz de soportar a una mujer como Jeanne Duval? El mismo Baudelaire la pinta como insaciable, infiel, ignorante, borracha y pere-zosa, y aun así, sigue con ella.

—Por amor, me imagino —dijo Lucía sin demora—. El amor a veces no es una elección. Nos enamoramos o creemos estar enamorados de quien no debemos.

—¿Ustedes se pueden enamorar, por ejemplo, de la forma como un cuerpo se comporta en la cama?

—Es probable, pero no aplica en todos los casos.

—Aplica para Baudelaire que está atrapado en la cama de Jeanne Duval.

—A Baudelaire lo derrotó esa pasión. Intentó dejar a Duval varias veces, pero volvía a caer en sus brazos. Era como un imán trágico para él; como una perversa necesidad. La sabía infiel, pero la buscaba.

—Era bella, me imagino, y prefería compartirla a perderla —dijo Pedro Nolasco.

—Para sus ojos era bella. ¡Cómo será la idolatría que sentía por ella que hasta la dibujó!

Lucía miró de frente a Pedro Nolasco y le preguntó sin retirarle la mirada:

—¿Te gustan las mujeres por su belleza o por su habilidad en la cama?

Después de un silencio que sonaba a desequilibrio, Pedro Nolasco arriesgó una respuesta:

—La belleza ha hecho sucumbir a los hombres más fríos. Y, bueno, si a la belleza le sumas arte en la cama quizá sea más difícil no perderse. Imagino que una mujer como Jeanne Duval era como un imán que invitaba a los placeres. Hay que esforzarse para no dejarse llevar por esa corriente.

—¡Puto!

—¿Qué?

—Que eres un puto, reputo.

—No. Realista. Los hombres somos más débiles que las mujeres frente a los asuntos de la carne.

—O sea que se acuestan más por putos que por enamorados.

—No. La piel, el vino, nos dejamos llevar más fácilmente.

—¡Qué puto!

—Honesto.

—Honestamente un puto.

—No. ¿Me dejas leerte algunos versos de Baudelaire?

—Dale puto Nolasco.

Lucía parecía molesta, pero en su corazón gozaba viendo el sufrimiento de Pedro Nolasco con su encerrona.

—¡Ah! Dice así el "Himno a la belleza" de Baudelaire: "¿Has bajado del cielo o eres hija de abismos, / oh, Belleza? Tus ojos infernales, celestes, / vierten sin distinción las mercedes y el crimen, / y por eso te puedo comparar con el vino. // Tu mirada contiene el ocaso y la aurora, / y derramas perfumes como tarde de lluvia; / son tus besos un filtro y tu boca es un ánfora / qué acobardan al héroe y dan ánimo al niño. // ¿Sales del negro abismo o desciendes de un astro? / Como un perro el Destino va pegado a tus faldas; / vas sembrando al azar el desastre y el júbilo, / y gobiernas el mundo y de nada respondes. // Sobre muertos caminas, oh Belleza, entre burlas; / el Horror de tus joyas no es lo menos luciente, / y entre tus aderezos más queridos el Crimen / baila con complacencia sobre el vientre orgulloso. // El efímero deslumbrado se te acerca, candela, / y crepita, arde y dice: ¡Bendigamos la llama! / El amante, jadeante, junto a su enamorada / como un moribundo que acaricia su tumba. //

¿Qué me importa que salgas del Infierno o del Cielo, /oh, Belleza, monstruosa, todo espanto y candor, / si tus ojos, sonriendo, van a abrirme la puerta / de un ansiado infinito que jamás conocí? // De Satán o de Dios, ¿qué más da? Ángel, Sirena, /¿ qué más da si al final tornas —hada de ojos nocturnos, / ritmo, luz y perfume, oh mi reina y señora— / el universo menos horrible y los instantes menos pesados?".

—¿Diosa o demonio? —preguntó Lucía.

—Parece caída del cielo, pero para enviarnos al infierno. Siembra la alegría y el desastre al mismo tiempo y sobre su vientre danza la muerte amorosamente, como diría el poeta. ¡Qué desastre!

—Pero qué importa si al final con ella el universo es menos horrible y los instantes menos pesados —de nuevo Lucía quería acorralar a Pedro Nolasco—. ¡Qué importa!, si al final las Duvales del mundo alivian las bajas pasiones de los hombres putos.

—No hablamos de hombres putos; hablamos de hombres enamorados — insistió Pedro Nolasco.

—¡*Uhmm*! Como para creerte.

—Mira tengo dos estrofas para que veas cómo Baudelaire se declara rendido ante esa mujer que lo traiciona. Ten en cuenta que dura veinte años con ella, así ella lo traicione hasta con el peluquero.

—Lea pues los versos —ordenó Lucía despectivamente.

—Dice: "Al destino que ahora me cautiva / seguiré fiel, como un predestinado. / Dócil mártir, sumiso condenado / cuyo fervor el cruel suplicio aviva. // Consumiré mi odio y mi pasión / bebiendo el nepente y el veneno / en las agudas rosas de tu pecho, / donde nunca ha latido el corazón".

—¡Qué fuerte!

—Él nunca niega quién es ella. Le dice ninfa tenebrosa y caliente. "Por tu carne vaga el perfume / como alrededor de un incensario; / encantas como la tarde, / ninfa tenebrosa y cálida. // Los filtros más potentes /no valen tu pereza, / conoces la caricia / que revive a los muertos. // Tus caderas adoran / tus senos y tu espalda, / y encantan tus cojines / con tus posturas lánguidas". Ella es belleza y degradación en los placeres —redondeó Pedro Nolasco.

—Es erotismo y melancolía. Los hombres son semen y ceguera —sentenció Lucía.

11

DURANGO Y PEDRO NOLASCO SE reunían con alguna frecuencia para discutir los temas que trabajaba el columnista investigador, no sólo porque el diario pagaba las consecuencias de sus denuncias sino porque eran amigos desde la universidad. Se conocieron por los años en que los periodistas empíricos empezaron a ser desplazados por los profesionales. A veces, acompañados de un whisky, se ponían a recordar aquellos años en que coincidieron en esa lucha en que los veteranos se sintieron amenazados por los primeros periodistas con formación académica, pero sin ninguna experiencia de reporteros. Las nuevas generaciones no entendían que los viejos eran los maestros, los que habían colonizado el territorio del periodismo inventando técnicas con sólo aplicar el ejercicio de la vida, del sentido común y de la autocrítica, como alguna vez escribió García Márquez. "Eran mejores que nosotros", decía Pedro Nolasco. "Éramos mejores que ellos", replicaba el doctor Durango. Cada uno daba sus razones y en el fondo cada uno creía en los argumentos del otro, pero se resistían a admitirlo por esa necesidad de andarse contradiciendo que tanto marcaba sus largos años de amistad.

La nueva columna de Pedro Nolasco traía un tema que complicaba aún más las relaciones del periódico con el Gobierno, que ya había retirado parte de su pauta. Ese hecho generaba pérdidas pero, al mismo tiempo, daba prestigio e independencia. Publicar la historia de cómo un magistrado es interceptado y perseguido hasta en los más íntimos territorios de su vida, por el hecho de investigar los nexos de los aliados del Presidente en el Congreso con grupos paramilitares, era un escándalo de marca mayor que tarde o temprano terminaría minando la credibilidad del Gobierno.

—¿Sabes lo que significa publicar ese artículo? —dijo Durango sosteniendo su cabeza entre las manos como si fuera víctima de la desesperación.

—Es verdad, y nosotros publicamos verdades.

—También es verdad que el cincuenta por ciento de lo que somos es publicidad del Gobierno y ya perdimos una tajada.

—Pues denunciamos que nos quitaron la publicidad por ser honestos con la información.

—Suena fácil, pero tiene un alto costo. Mejor dicho, después del suicidio todos hablarán de Vallejo, el mártir, y de Durango, el imbécil que quebró un periódico.

—O dirán: Durango y Vallejo, los defensores de la libertad de prensa. Doctor Durango, déjeme decirle que la independencia también da prestigio.

—Dos muertos por el prestigio —dijo Durango antes de encerrarse en sus pensamientos. Se rascó varias veces la cabeza como lo hacía cada vez que tenía que resolver graves asuntos.

—¡Que sea por la verdad! —exclamó con sordo entusiasmo.

El artículo provocó todo lo que habían imaginado. Después del disgusto presidencial y de una nueva andanada de epítetos contra Pedro Nolasco, el diario quedó reducido a la mitad en publicidad.

Esta vez, las palabras del presidente sonaban a presagio. "Que se cuiden las plumas del terrorismo. El Gobierno no permitirá que atenten contra la democracia con calumnias e injurias. Que se cuiden esos seudoescritores porque sobre sus mentiras caerá todo el peso de la ley".

Pedro Nolasco lo escuchó en la cama, junto a Lucía. Se miraron y ella no pudo evitar que una lágrima rodara por su rostro. Pedro Nolasco la abrazó y le dijo:

—No llores. Nada me va a pasar porque el Gobierno no es bobo. No van a dejar la sensación de que persiguen a la prensa libre.

Lejos de allí, atrapada por la zozobra que le dejaron las palabras del Presidente, en la soledad de una cama doble, Fernanda lloraba a mares sin una voz, sin un abrazo, sin un beso que aliviara el peso infinito de su pesadumbre.

12

Me pides que te describa, que hable de la
mujer que conocí y de la mujer que veo. La
mujer que conocí temblaba de miedo, escurría
su boca de los besos y le concedía a mis manos un parcelado don para tocarla. Durante
mucho tiempo tu cuerpo estuvo hecho de tramos, y en las yemas de mis dedos sólo cabían
pedacitos de tu piel.

Hoy atrapo con mi olfato los perfumes que
se esparcen por todo tu cuerpo, con mi tacto
te grabo en las yemas de mis dedos y con tu
flor me besas la boca. Hoy hablas libremente
de la alianza infalible de los que se encuen-
tran en la biología del sexo y en la psicolo-
gía del amor; hablas de dos que se hacen uno;
hablas de lo sublime cuando danzan el sexo y
el amor, cuando lo masculino se sumerge en lo
femenino y trasciende a la unidad. Así hablas
hoy, a diferencia del pasado en el que pre-
ferías guardarte en el silencio.

Hoy eres decisión. Antes eras más dada al
mundo, más entregada a todos sin esperar
nada. Sigues siendo otredad pero exiges del
otro; ya no te quedas suspendida en la espera
del otro porque el otro también debe esperar;
ya fluyes desde adentro, desde las profundidades de tu corazón y tu conciencia y decla-
ras tu "yo" abiertamente y sin pena; reclamas
aceptación al yo, a lo que eres; ahora es el
mundo el que se debe a ti y no tú al mundo;

ya diste demasiado y la respuesta fue pobre;
ahora son los otros los que deben dar. Claro que una es la que conocí y otra la que
veo, pero a las dos las amo porque la primera construía a la de hoy.

Lucía Bretón, sentada en la mecedora de sus tardes solitarias, acompañada de sus recuerdos, siente que Pedro Nolasco juega otra vez con el poema de Oliverio Girondo.

—La idea es que me digas qué de todo lo que dice el poeta no hace parte de lo que somos.

—Vale —acepta Lucía.

—Aquí va —Pedro Nolasco toma aire y despega:
"Se miran, se presienten, se desean,

Se acarician, se besan, se desnudan,

Se respiran, se acuestan, se olfatean,

Se penetran, se chupan, se demudan,

Se adormecen, se despiertan, se iluminan,

Se codician, se palpan, se fascinan,

Se mastican, se gustan, se babean,

Se confunden, se acoplan, se disgregan,

Se aletargan, fallecen, se reintegran,

Se distienden, se enarcan, se menean",

—¡Enarcarse! Es un acto de malabarismo —dijo Lucía con mucha picardía.

Pedro Nolasco sonrió antes de continuar con la lectura:

"Se retuercen, se estiran, se caldean,

Se estrangulan, se aprietan, se estremecen,

Se tantean, se juntan, desfallecen,
Se repelen, se enervan, se apetecen,
Se acometen, se enlazan, se entrechocan,
Se agazapan, se apresan, se dislocan,
Se perforan, se incrustan, se acribillan,
Se remachan, se injertan, se atornillan,
Se desmayan, reviven, resplandecen,
Se contemplan, se inflaman, se enloquecen,
Se derriten, se sueldan, se calcinan,
Se desgarran, se muerden, se asesinan,
Resucitan, se buscan, se refriegan,
Se rehúyen, se evaden y se entregan".

—Por lo menos ni nos estrangulamos ni nos asesinamos —dijo Lucía tras el punto final.

—Quizá se trata de una metáfora. Yo muero en tus brazos y tú en los míos —interpuso Pedro Nolasco.

Lucía hizo un movimiento afirmativo y alargó su brazo para tomar el poema. Lo leyó otra vez en voz alta para comentar algunas palabras:

—"Se repelen, se enervan, se apetecen". En algún momento quise repelerte aunque te apetecía. Me daba miedo la caída. Hoy la caída es lo que me hace soportar la vida.

Pedro Nolasco no dijo nada. Sólo sonrió.

—"Se desmayan, reviven, resplandecen". Después de cada desmayo en que me dejas, siento que resplandezco. Mis ojos brillan, mi cabello brilla, toda yo brillo.

De nuevo Pedro Nolasco sonrió, esta vez complacido.

—"Se rehúyen, se evaden y se entregan". Todo lo que ocurre en este poema es cosa de amantes, no de esposos —dijo Lucía con voz temblorosa.

Sus palabras le empujaron muchas lágrimas y Pedro Nolasco bebió en besos su agua salina.

13

UNA LLAMADA AL CELULAR LO dejó al borde del colapso. Un hombre tosco y malhablado le dijo con pasmosa tranquilidad:

—Don Nolasco, ¿cómo va con la mocita?

—¿Cómo dice? ¿Quién habla? —contestó Pedro Nolasco.

—No se haga el loco porque eso no le luce a Lucía. Sabemos en qué anda.

Al escuchar el nombre del ser que más amaba sintió que reventaban la burbuja mágica a cuchilladas. Una rabia profunda se instaló en su alma y hubiera querido tener en frente a ese hombre para matarlo con sus propias manos.

—A usted qué le importa en qué ando yo.

—¿Conque jugando con fuego no? Lo estamos viendo.

Iracundo, Pedro Nolasco colgó el teléfono, pero la voz del hombre le quedó sonando como si no hubiera parado de hablar repitiéndole lo mismo. En su imaginación, Pedro Nolasco construía más palabras para la voz desconocida, lo escuchaba cuando le decía que lo estaban siguiendo, que tenían todo un arsenal de fotografías y videos, sumados al historial de las conversaciones por *mail*, que conocían su historia de amor y que estaban en capacidad de mostrar su doble vida. Miraba para todos lados como buscando la voz en sus alrededores, como intentando descubrirla para denunciarla pero no daba con ella.

—¡El Presidente! —dijo de pronto en voz alta. "Ordenó seguirme", pensó, "quiere callarme". El teléfono volvió a sonar y se dio cuenta de que no aparecía el número. Lo dejó timbrar varias veces antes de tomar la decisión de contestar.

—¿Qué quiere? —le dijo por fin— Dígalo de una vez por todas —gritó violentamente Pedro Nolasco.

—¿Qué dices? ¿Tienes algún problema? —el que hablaba era Carlos Durango.

—Disculpa Carlos. Pensé que era otra persona.

—¿Te están extorsionando?

—No lo sé. Voy para la oficina y allá hablamos.

Camino del periódico, aturdido por las palabras del desconocido, una llamada sin número de origen volvió a aparecer en su celular. Pedro Nolasco contestó al segundo timbrazo.

—Aló.

—Sólo quiero decirle —dijo otra vez el delincuente— que si usted se calla nosotros también. Si usted sigue armando bulla, su doble vida la conocerá todo el mundo. Sus colegas chismosos tienen menos piedad para destruir que nosotros. Hasta luego.

—¿Quién es usted? —replicó Pedro Nolasco, pero el hombre ya había colgado el teléfono.

Exaltado llamó a Lucía para contarle lo ocurrido, pero prefirió citarla en la casa de la montaña para construir un escenario más tranquilo.

—Estoy loco por verte —le dijo para no preocuparla antes de tiempo.

—Allá nos vemos en cuarenta minutos —respondió Lucía.

Cuando colgó recordó el compromiso con el doctor Durango y llamó a su secretaria para que le avisara que lo buscaría en la tarde.

14

Lucía llegó a la cita estrenando de pies a cabeza. Llevaba un *jean* ceñido a su cuerpo, botas negras y una blusa de rayas intercaladas, marrón y fucsia, marrón y fucsia, marrón y fucsia. Se había cortado el cabello y estaba iluminada por unos rayitos brillantes. De su pecho colgaba una cadena delgada con un dije de estrella. Llegó con Ovidio debajo del brazo y saludó con una afirmación que sacó a Pedro Nolasco de sus angustias, así fuera temporalmente.

—Ya me tienes —le dijo Lucía con ojos enamorados—. ¿Cómo has hecho para conservarme durante todos estos años?

—Te he amado simplemente —dijo Pedro Nolasco.

—Pues hoy te traigo el segundo libro de Ovidio, que teníamos pendiente desde hace siglos. ¿Lo recuerdas?

—Cómo no recordarlo. Ovidio nos presentó.

—Así fue y por eso quiero al maestro.

Pedro Nolasco recordó en ese instante el motivo de su urgente llamado, pero casi al mismo tiempo decidió que no mataría la emoción de Lucía y que dejaría para otro momento el asunto que lo atormentaba.

—En este segundo libro Ovidio nos habla de un tema en el que eres experto: cómo conservar el amor conquistado. Escucha bien: "Cantad, se logró el éxito. La presa perseguida cayó a mis pies".

—¡Lo logré! —exclamó Pedro Nolasco, haciendo un gran esfuerzo para que no se le notara la angustia que traía.

—Escucha esto: "La conquista puede ser producto del azar, pero mantenerla es una obra de arte". Me convertiste en tu presa y hoy soy tu subordinada. Lo lograste. Me conquistaste. ¿Cuál es tu secreto?

—No usar disfraz, me imagino. Muchas veces la mujer descubre que el conquistador se quita el disfraz cuando cree que la conquista está consumada. Eso no pasó aquí porque no tengo disfraz. Soy el mismo siempre.

—Pero a veces son nuestros ojos los que se desencantan, así no haya cambiado la esencia del conquistador. Puede ser el mismo pero no lo veíamos claramente.

—¿De qué depende entonces que dure la conquista? —indagó Pedro Nolasco.

—Del respeto profundo y a cada instante. Decían mis profesoras, "… entre más amamos a alguien, más susceptibles somos a sus pequeñas faltas". Tú comprendes la dimensión humana y eso te hace más tolerante —concluyó Lucía.

—Entonces he sido un maestro sin saberlo.

—Eres maestro en todas las áreas del amor. Ahora escucha esta frase que parece escrita para los dos. Dice Ovidio: "No lograrás la fidelidad de tu amada, si a las perfecciones del cuerpo no aúnas las del espíritu".

—Es verdad absoluta, ayer, hoy y mañana.

—Y oye esto: "Su eco debe ser tu voz. Tienes que acompañarla con la risa y con el llanto". Así ha sido siempre, Pedro Nolasco.

—Son pruebas de amor en el día a día, pero sin fraguarlas.

—"Sé solícito. Llévale abierta la sombrilla, ábrele el paso entre la gente, ofrécele el mejor asiento y descálzala acariciando sus tiernos pies" —leyó Lucía.

—Me encantan esas cortesías contigo.

—Y las recibo gustosa: "Si estás inspirado, escribe delicados versos en tus cartas, aunque los versos hoy en día, no tengan gran predicamento. Se los alaba, pero se reciben mejor los objetos. Sin embargo, todavía hay mujeres que se enamoran de los poetas". Me llama la atención este consejo, porque demuestra que desde siempre lo material ha desplazado a los poetas. Poeta pobre, poeta que no conquista.

—Sólo de poesía no vive el hombre.

—Al buscar dinero y poesía el hombre está buscando el equilibrio —afirmó Lucía.

—Tienes razón —recogió Pedro Nolasco.

—Atiende ahora a este consejo tan particular: "Una vez que tengas la seguridad de que te será fiel, realiza un viaje de poco tiempo para que tu ausencia provoque en su amor la inseguridad y hasta tal vez también los celos". ¿Será efectivo o será un alimento para la desconfianza? —se preguntó Lucía para tantear a Pedro Nolasco.

—Esas son estrategias de un desesperado, de un inseguro. Creo que no es necesario poner pruebas. La vida a toda hora nos pone a prueba sin forzar nada.

—Como el caso de Penélope. Mira lo que dice el maestro: "No olvides la desesperación de Penélope ante la larga ausencia de Ulises. Pero ten cuidado con prolongar la vuelta en demasía, porque a excepción de la mencionada, en general una larga ausencia atenta contra los recuerdos; puedes entrar en el olvido y otro hombre reemplazarte".

—¿Cómo hizo Penélope para aguantar tanta soledad? —indagó Pedro Nolasco.

—Quizá nadie superó al ausente, quizá no apareció un descubridor que la conquistara, que fuera capaz de subirla al cielo, de verla en su dimensión real, y ella, segura de sí misma y conocedora del amor, supo comprenderlo de esa manera. La ausencia es tiempo perdido, pero simultáneamente puede ser la confirmación del amor verdadero —contestó Lucía con la velocidad de su inteligencia, como si para todo tuviera respuesta.

—Ulises no pudo volver pronto al lado de su mujer porque su destino era un regreso enredado.

—No pienses en Ulises, piensa en cualquier hombre. Una larga ausencia arriesga todo, porque el amor hay que vivirlo a todo instante y el ser humano está lleno de vacíos las veinticuatro horas del día. Hay que estar conectados para que el amor marche —agregó Lucía.

—¿Entonces, si no es con una Penélope no hay más remedio que entrar al olvido y ser reemplazado por otro hombre? —reflexionó Pedro Nolasco.

—Penélope es un símbolo de la paciencia. Quizá tejer en el día y destejer en la noche era una manera de abstraerse del mundo, de escapar de las tentaciones —concluyó Lucía.

Pedro Nolasco había tomado el libro y continuó con la lectura:

—Ahora presta atención tú: "Que ella vaya donde quiera y regrese cuando tenga ganas. Si condesciendes con discreción, acabarás por triunfar. Que esconda sus aventuras porque si se ve en la obligación de confesarlas, terminará por no tener pudor de sus actos. Por eso no te preocupes por sorprenderla; que cometa el pecado y comprenda que lo ha hecho".

—Es sabio porque el amor legítimo no sabe de ataduras, ni de controles, ni de dominación, ni de subordinación. El amor legítimo da libertad, no busca ni persigue porque sabe que si ama el amor regresa, y si no regresa entonces no era amor. Suena poético pero es real. La mejor forma de retener a alguien es amándolo desde el corazón, sin prevenciones ni reservas, sin represiones ni estrategias —agregó Lucía.

—Lo que no funciona en ese consejo es que no deben ser muchos los hombres que soporten en silencio que la mujer se esfume cuando quiera.

—Pero sí son muchas las mujeres que soportan en silencio que el hombre se esfume cuando quiera y vuelva cuando quiera —replicó Lucía.

Pasaron casi una hora en esas disertaciones, hasta que Lucía empezó a provocarlo con sus dedos y a sentir que en su mano la materia se henchía, también sintió que en su vientre se abría un túnel recto y viscoso por el que Pedro Nolasco entró de nuevo, mientras cargaba sobre sus hombros las largas piernas blancas de su amante secreta.

15

Carlos Durango observaba de pie, en una enorme pantalla de diagramación la primera página del periódico que circularía al día siguiente. Una fotografía a cuatro columnas mostraba el instante en que un toro atraviesa con uno de sus pitones el maxilar de su verdugo como vengando la tragedia de sus ancestros sacrificados por un aplauso. El animal tiene su lomo bañado en sangre. Cinco banderillas de colorines hieren el morrillo con sus lengüetas de hierro. Sólo el animal es dueño de su dolor, de su tragedia de circo, de los aplausos que provocan las puñaladas, es el dueño inconsciente de una fiesta incomprensible, la fiesta de su dolor y de su muerte. El hombre queda retratado en la caída, con la punta del cuerno congelada por fuera de su boca, luego de cruzar por el paladar y por la lengua. El rostro visible es el del hombre porque en el instante del *flash* la capa cubre la angustia del toro. El diestro tiene los ojos cerrados como en un estertor de muerte, como si el pitón fuera la banderilla del toro. La sangre corre por el cuerpo del toro y el dolor corre por el cuerpo del hombre.

Durango le dio dos palmaditas en la espalda a Pedro Nolasco y leyó en voz alta el pie de foto.

—El matador sevillano Julio Aparicio sobrevivió a una espantosa cornada en la Plaza de Las Ventas. ¿Qué opinas de la foto?

—Realmente aterradora. Es una venganza.

—*Umm...* Habló el enemigo de la fiesta brava.

—Habló un defensor de la dignidad animal.

—Ya hemos discutido tanto este tema que mejor dejemos el asunto quieto. Por lo menos estás de acuerdo en que es la foto de primera página.

—Sin duda alguna.

Durango siguió revisando los temas de primera página: el cierre de las campañas presidenciales, la presencia de células guerrilleras en las universidades públicas y la llegada al río Mississippi de la mancha de petróleo que se regó en el Golfo de México. Un poco menos de la mitad de la página estaba llena de publicidad.

—Bueno, pero la crisis no se ve en la primera página —señaló Pedro Nolasco.

—El único anunciador que falta es el Gobierno.

Durango y Pedro Nolasco subieron las escaleras de caracol que conducían a la oficina de la dirección. El jefe tomó el teléfono y llamó a la secretaria.

—Pídame dos tinticos por favor —dijo y colgó—. Bueno Pedro Nolasco, ¿qué pasó? ¿Es evidente que hay problemas?

—Sí. Recibí una llamada muy extraña en la que supe que me están siguiendo y que alguien tiene mi vida íntima en sus manos.

—¿Hablaron de tus hijos?

—No me hablaron de los niños, ni de mi esposa.

—¿De qué te hablaron entonces?

—De un amor clandestino —dijo y se sonrojó.

—¡Un amor clandestino! Tú, Pedro Nolasco Vallejo, el más correcto de todos los mortales, ¿tiene un romance clandestino? —interpuso Durango en estado de asombro.

—Había prometido no contarlo a nadie.

—Pues estás incumpliendo el juramento. ¿Quién es ella? —con esa pregunta, Durango dejaba en evidencia que el chisme le ganaba la partida al espinoso tema central.

—Mientras no dé su nombre, estoy cumpliendo el juramento.

—Bueno no voy a sonsacarte la información, pero sólo dime si la conozco.

—Para nada. No tiene nada que ver con nuestro oficio.

Durango se quedó mirándolo fijamente como queriendo arrancarle el secreto.

—Y pensar que yo sí te cuento todas mis andanzas —se atrevió a decir.

—Lo que me ha pasado con ella no es una andanza. Quizá por eso no lo cuento. Es una manera de proteger el amor de las adversidades del mundo.

—A todo le pones filosofía.

Timbró el teléfono y Durango empezó a hablar con una de sus amantes. Por sus palabras Pedro Nolasco imaginó que estaba cuadrando la noche con Luna, la pasante de periodista; con Samara, la productora de su programa de opinión, o con otra que hiciera parte de la lista pública de sus obsesiones. "Lo más curioso", pensaba Pedro Nolasco, "es que todas sabían que no eran la única y todas se hacían la de la vista gorda para sentirse únicas".

Su mente voló hacia Lucía. Le dolía que alguien supiera la historia de los dos y que lo amenazaran con hacerla pública. "Lucía es el nombre de un amor protegido del mundo y sus rumores", pensó, "Lucía no es una ilusión; es un amor no revelado a nadie más que a ella; un amor que se volvía mundo entero en un refugio; un amor esencial que no requería el beneplácito del mundo; un amor donde cada uno podía ser cada uno sin reglas, con la única regla de ser. Un amor aislado de los bullicios del mundo".

—¿Y hace cuánto andas en esas?

—¿Cómo? —Durango lo sacó abruptamente de sus pensamientos.

—¿Qué hace cuánto andas con novia? —preguntó con ironía.

—No me lo vas a creer; diez, quince…, una eternidad de años.

—¡Quince años!

—Una eternidad y sólo hasta ahora siento que estoy en la mira y no sé de quién.

—¿Crees que es gente de inteligencia?

—Eso pienso.

—¿A ella te la nombraron?

—Saben su nombre.

—¿Y qué has pensado hacer?

—Creo que debo seguir haciendo las denuncias, pero quizá de otra manera.

—¿Cómo?

—Se me ocurrió dejar la columna y empezar a trabajar anónimamente desde las noticias.

—Eso significa que ya no es Pedro Nolasco el que denuncia y asume, sino que es el periódico como línea informativa el que hace las denuncias y pone la cara.

—Sé que es difícil, pero no encuentro otra salida.

—No sé si sea la solución, pero...

En ese momento tocaron la puerta. Llegó el tinto y el silencio. Sólo se escuchaban los platos y los pocillos y después las cucharas revolviendo el azúcar. La señora se retiró y Durango reanudó el diálogo:

—Tampoco creo que debamos quedarnos quietos. Hagamos lo que propones pero con la Unidad Investigativa —sorbió el primer trago haciendo pico con su boca como midiendo la temperatura al café—. Desde allí siempre le han dado seguimiento a tus denuncias y de hecho han publicado documentos nuevos. Podemos suspender la columna por unos días y dejar en manos de la Unidad tus hallazgos. Tú no apareces por ningún lado, pero sí nutres la información.

—¿Y cómo desaparezco?

—Simplemente no hay columna. Te fuiste de vacaciones.

—Los delincuentes que me están siguiendo no tienen vacaciones.

—Nadie va a decir que estás de vacaciones, pero si estás ausente en la firma quizá se calmen un poco.

—Gracias Carlos. Intentémoslo.

16

Durante tres semanas Pedro Nolasco no volvió a saber nada de sus enemigos anónimos y tuvo hasta momentos en que los olvidó. Lucía, sin saberlo, fue la aliada perfecta. Pedro Nolasco cambió las rutas de los encuentros con la excusa de que repetir lugares podía resultar riesgoso para la relación. Incluso compró un teléfono móvil para conversar tranquilamente y lo presentó como una línea exclusiva para ella. Lucía se inquietó al principio y alcanzó a preguntar por qué esos cambios tan repentinos. Él sólo atinó a decir que le había parecido útil aplicar ese tipo de estrategias ocasionalmente, y ella insistía en que no le parecía lógico el argumento después de repetir los mismos rituales por años. Pedro Nolasco defendía su tesis diciendo que precisamente se trataba de oxigenar el ritual con cambios y de paso cuidar el amor. Lucía no estaba convencida de los argumentos, pero tampoco le molestaban las modificaciones. Por eso decidió seguir a Pedro Nolasco en su delirio.

Fueron tres semanas frenéticas. Lucía y Pedro Nolasco descubrieron un lugar reservado donde parecían adolescentes ardorosos, entregados a las piruetas del amor y a la madurez de innumerables lecturas.

Allí, en ese sitio que bautizaron como El Refugio, conocieron a Pierre Louys, un francés díscolo del que el estudioso Alexandrian dice, a manera de cumplido, que es un gran maniaco literario que se autodestruyó en un enclaustramiento voluntario bajo la luz de una lámpara de petróleo, en rechazo a la electricidad. Louys, admirado por Wilde, por Valéry y por muchos más, fue un humanista capaz de escribir historias como "La peluquera de coños".

—No la he leído, pero me la imagino —dijo Pedro Nolasco con una sonrisa pícara.

—¿Y qué te imaginas? —preguntó Lucía.

Pedro Nolasco se ruborizó y titubeó una respuesta.

—Pues una mujer con una cuchilla de afeitar en sus manos me imagino.

—Qué historia tan aburrida. Una mujer con una cuchilla de afeitar qué gracia tiene.

Una carcajada conjunta estalló en el lugar. Lucía Bretón sacó de su bolso un poema de Louys llamado "Los pechos de Mnasidika" y empezó a leer:

"Con cuidado, ella abrió con una mano su túnica y me tendió sus senos tibios y dulces, así como se ofrece a una diosa un par de tórtolas vivas.

—"Ámalos bien —me dijo—, con la misma pasión con que yo los amo: son niños en flor. Me ocupo de ellos cuando estoy sola. Juego con ellos; les doy placer. Los baño con leche. Los empolvo con flores. Mis cabellos finos que los enjuagan son gratos a sus pequeñas puntas. Los acaricio estremeciéndose. Los acuesto sobre lana.

Puesto que nunca tendré hijos, sé su alimento, mi amor. Y puesto que están tan lejos de mi boca, dales besos de mi parte".

—¿Cómo te pareció?

—Es un poema tan hermoso como los senos que describe. Los senos hermosos evocan lo más femenino de una mujer, son en sí mismos erotismo, sensualidad, pasión, armonía.

—Pero dime una cosa. ¿El poema te sonó a amor entre hombre y mujer o entre mujer y mujer?

—No me digas que es amor de lesbianas. Déjame leerlo de nuevo.

Pedro Nolasco se tomó su tiempo. Lo leyó despacio, con voz casi imperceptible, susurrada.

—No parece —dijo al final.

—Pues no parece pero sí es. Son *Las canciones de Bilitis*. Louys las publicó en 1894 con un prólogo en el que hizo creer a todo el mundo que había traducido a una poetisa lesbiana, discípula de Safo. Las canciones, dijo, fueron halladas en su tumba por un arqueólogo. Dio incluso datos muy precisos. Dijo que Bilitis había nacido en el siglo sexto en un pueblo a las orillas del Melas, de padre griego y de madre fenicia.

—¿Y todo era embuste? —preguntó con asombro Pedro Nolasco.

—Todo, pero no fue fácil desmontar la mentira. Los sabios franceses de la época estudiaron a fondo la obra y no encontraron cómo desmontar la historia de Louys porque todo, sitios, mitos, todo era perfecto. Alexandrian dice, incluso, que dos profesores llegaron a afirmar que ellos habían hablado de Bilitis mucho antes que Louys.

—¿Y por qué se sabe que es lesbiana? ¿Recuerdas el nombre del poema que leímos? Pues Bilitis escribe libremente sobre sus juegos con Mnasidika, su amante.

Lucía cogió su bolso en donde cabía el mundo entero y sacó *La Venus del Delta* de Anais Nin.

—Lo has leído —le dijo a Pedro Nolasco mostrándole la cubierta.

—Hace un buen tiempo.

—Lo tienes.

—No creo.

—Llévatelo y lees la historia de Elena. Es nuestra próxima tarea.

17

No pasaron muchos días antes de quedar extasiados en la cubierta de uno de los libros más eróticos jamás escritos por una mujer. Unos niños desnudos, sin sexo visible y con aspecto de ángeles sin alas, rodean a una mujer, también desnuda, que tiene la misma cara que le ponen a la virgen los grandes pintores. Es una virgen que busca una boca infantil con una mirada de pasión, mientras una mano se apodera de uno de sus senos. La mujer sostiene una manzana, símbolo de transgresión, de violación a la ley, de goce clandestino.

Anais Nin cuenta historias secretas de hombres y mujeres que aman, que se obsesionan, que viven pasiones insaciables. Manuel, Pierre, Lilith, Bijou, Elena y Leila intentan encontrarse a sí mismos en la piel de los otros e incluso en su propia piel.

Manuel sacia su desbordada pasión consigo mismo, pero requiere de la mirada femenina para satisfacer su aberración. Los demás necesitan tocar un cuerpo, sentir una boca.

Pedro Nolasco le había sacado fotocopia a la historia de Elena para subrayar con marcador amarillo los apartes más eróticos del encuentro sexual de la protagonista con un desconocido. Empezó a leer:

—"No sintió ninguna tentación de retroceder y evitarlo. Notaba que se exaltaba por momentos, que estaba alcanzando aquella cumbre de emoción que habría de arrojarla de sí misma para bien; que la llevaría a abandonarse a un extraño. Ni siquiera conocía su nombre, como él tampoco sabía el suyo. La franqueza de sus ojos sobre ella era como una penetración. Se puso a temblar mientras subía la escalera".

—Ahora déjame yo leo lo que sigue. Escucha bien: "Fue ella quien se movió hacia el hombre y le ofreció la boca. Él la besó y apoyó sus manos en los senos de Elena. Ella sintió luego sus dientes. Él la estaba besando en el cuello, donde palpitaban las venas, y en la garganta, y sus manos parecían querer separarle la cabeza del resto del cuerpo. La dominaba el deseo de ser tomada plenamente. Él, a medida que la besaba, la iba desnudando. La ropa cayó a su alrededor, y aún permanecían en pie, besándose. Luego, sin mirarla siquiera, la arrastró a la cama, todavía con su boca sobre el rostro, la garganta y el cabello de Elena".

Después de un corto silencio, Lucía continuó:

—"Había algo de animal en sus manos, que recorrían todos los rincones del cuerpo de Elena, y que tomaron su sexo y su cabello a la vez, como si quisieran arrancárselos, como si cogieran tierra y hierba a la vez. Cuando ella cerraba los ojos sentía que él tenía muchas manos que le tocaban por todas partes, muchas bocas tan suaves que apenas la rozaban, dientes agudos como los de un lobo que se hundían en sus partes más carnosas".

Mientras Lucía leía, Pedro Nolasco rastreaba con la boca, bajo la oscuridad de las cobijas, su centro geográfico. La última palabra coincidió con un leve mordisco en el montículo de carne. Lucía alcanzó a sorber la palabra "carnosas" antes de caer en el profundo silencio que antecede a los agitados ronroneos de un orgasmo.

Durmieron un largo rato y al despertar empezaron a jugar a que cada uno decía qué le gustaba del otro, con qué parte del otro se quedaría si tuviera que elegir un pedazo, qué lo enamoraba del otro y qué haría si el otro fuera libre. Luego del juego, cuando se acercaba la hora de la despedida, volvió Anaïs Nin.

—¿Recuerdas qué leía Elena antes de conocer a Pierre? —preguntó Lucía.

—Claro, leía a Lawrence, *El amante de lady Chatterley*.

—Pues bien, te voy a leer las conclusiones de Elena tras su encuentro con Pierre: "En primer lugar, descubrió que nunca había conocido las sensaciones descritas por Lawrence; en segundo lugar, que en eso consistía su hambre". Mira esto: "Dentro de ella, yacía agazapada la mujer sumergida en el libro de Lawrence, expuesta, sensibilizada y preparada como por mil caricias para la llegada de alguien".

—Hay un tema que me llamó mucho la atención —interpuso Pedro Nolasco—. A partir de ese amor con Pierre, Elena se lanza a una serie de aventuras sexuales que la desbordan. Ahí es cuando aparece este fragmento del que me gustaría escuchar tu opinión. Te leo: "Ahora comprendía Elena por qué los maridos españoles se niegan a iniciar a sus esposas en todas las posibilidades del amor: para evitar el riesgo de despertar en ellas una pasión insaciable". ¿Eso es posible Lucía?

—Quizá. Hay que ocupar la mente en muchas cosas para que el ocio no termine alimentando una pasión insaciable. Próxima tarea: *lady* Chatterley.

18

La CITA EN LA QUE *lady* Chatterley fue el centro del diálogo hacía parte de las páginas heredadas por Lucía Bretón. Pedro Nolasco había hecho un increíble esfuerzo por salvar el debate para la memoria común, intentando recuperarlo en un escrito. Lucía lo había leído varias veces en busca de olvidos, pero no encontraba en su memoria ninguna imprecisión.

> ¿Recuerdas el día que hablamos de las palabras? Me dijiste que yo las decía todas, mientras tu esposo las escondía. Decías que él guardaba silencio y prefería callarlo todo.
> —¿Y por qué calla? —pregunté.
> —Porque él es así. Hace parte de su formación, me imagino.
> —¿Y su formación incluye no hablar más de la cuenta para que después no le cobren las palabras?
> —Posiblemente —dijiste después de un elocuente silencio.
> —¿Y por qué será que yo no puedo guardar silencio contigo? —dije— Yo hablo y hablo y en mis palabras te pongo en riesgo porque nadie está exento de que las palabras y las acciones a veces no concuerden, no sean consecuentes.

Mientras yo hablaba, pensabas en él. Lo supe en tus ojos perdidos.

—Él guarda silencio para no comprometerse, para no arriesgar nada; o quizá se encuentra en el silencio porque es un hombre de acción más que de palabra —dijiste en voz baja.

—Yo me la juego porque siento la imperiosa necesidad de poner en palabras lo que siento en mi alma.

Hablamos de las palabras porque hablábamos de Lawrence.

—Recuerdas cuando la señora Chatterley piensa que su generación dejó sin validez todas las grandes palabras, amor, hogar, felicidad, marido, etcétera, etcétera.

—O sexo —interrumpiste—. La señora piensa que es una palabra usada en los cocteles para hablar de una excitación. Palabras gastadas y de camino al cementerio a principios del siglo veinte.

Abriste el libro en la página exacta y leíste un fragmento como si en tus dedos existiera un ubicador digital de las palabras.

—Aquí está: "El sexo y un cóctel. Duran el mismo tiempo, producen el mismo efecto y vienen a ser lo mismo".

Compartimos la idea de que, un siglo después, las palabras sobreviven a pesar del desgaste, pero cada vez suenan más débiles.

—Todavía hay quienes les otorgan el valor que tienen porque quieren hacer consecuente la palabra con la acción. Eso eres tú Pedro Nolasco —afirmaste.

—En la historia de *lady* Chatterley se duplica, de cierta manera, nuestra historia.

—Y Cliford Chatterley es mi marido.

—Un poco, creo.

—Y tú eres el guardabosque del que se enamora *lady* Chatterley.

—La diferencia es que no soy guarda de bosques; sólo soy guarda de tu mundo interior.

—Me salvaste como el guardabosques salvó el alma de *lady* Chatterley.

—Yo feliz de ser tu guardabosque. Viste que el primer encuentro de ellos dos fue orgasmo sólo para él. Ella sólo se sintió poseída, tomada por una mano cálida y dulce. Dice y me lo aprendí de memoria que esa dulzura "forzó a su vientre a abrirse a aquel hombre". ¿Qué piensas cuando lees los encuentros apasionados de los dos personajes? —te pregunté.

—Me parece comprender lo grande que me haces con un abrazo, el tributo que me rindes cuando me besas, la manera como me enalteces con cada palabra. En cada abrazo tuyo, en cada beso, te integras a mí. Cuando me besas por todas partes, desde la planta de los pies hasta mi cabeza, lo que haces es decirme que en el contacto te llenas de la diosa que ves en mí y te conviertes en el Dios absoluto de lo que soy, me alejas del mundo para arrastrarme hacia ese otro mundo llamado pasión que nos pone por instantes en el borde de una muerte dulce y feliz.

Infinitamente conmovido por tus palabras recordé una escena de la novela que me estremeció. En una ocasión, el guardabosque se acostó a dormir en la cabaña después de un encuentro con su amante, pero no lograba conciliar el sueño. Sentía su naturaleza incompleta, necesitaba a la mujer a su lado, necesitaba el contacto con la piel de ella, necesitaba su sudor para la plenitud.

—Vacío. Así quedo cuando debo partir después de amarte. Con la energía de tu piel pegada a mi piel, pero con la certeza de que la piel real y no la energía de la piel está expuesta a otra piel que no es la mía.

Tus ojos se llenaron de lágrimas con esas palabras y sólo atinaste a pedir que te dejara leer un fragmento del capítulo doce, uno de los más bellos encuentros de amor:

—"Connie se estremeció de nuevo ante su potente e inexorable entrada dentro de ella, una entrada extraña y terrible. Hubiera podido ser como la penetración de una espada en su cuerpo suavemente abierto, y

entonces ello sería la muerte. Connie opri-
mió su cuerpo contra el del hombre, con la
brusca angustia del terror. Pero entró con
una extraña y lenta penetración de paz, la
oscura penetración de la paz, de una grande
y primordial ternura, como la que dio origen al mundo en el principio. Y el terror
desapareció del pecho de Connie, y su pecho
tuvo el valor de entregarse en paz, sin reservas. Tuvo el valor de entregarlo todo,
entregar su persona íntegra, dejarse llevar por la marea. Y le parecía que era como
el mar, sólo oscuras olas que se alzaban
y crecían, hinchándose en una gran masa,
de manera que, despacio, toda la oscuridad de Connie se puso en movimiento, y ella
era un océano que movía en oleadas su oscura y ciega masa. Y, abajo, en lo más profundo de sus entrañas, las profundidades se
agitaron y en oleadas se distanciaron, en
largas olas que viajaban hasta muy lejos,
en el centro de Connie, y las profundidades se separaban y se alejaban del centro
de la suave inmersión, mientras la penetración llegaba a mayor profundidad, tocando
puntos más y más hondos, y Connie quedaba más y más y más al descubierto, y las
grandes oleadas en su interior se alejaban
hacia una ignota playa, dejándola al descubierto, y más y más cerca penetraba aquella
palpable realidad desconocida, y más y más
lejos desaparecían las oleadas de Connie,
alejándose de ella, dejándola sola, hasta
que, de repente, en una suave y temblorosa
convulsión, el vivo núcleo de todo su plas-
ma sintió el contacto, Connie misma sintió
el contacto, hasta ella llegó la consuma-
ción, y Connie partió, se fue, desapareció.
Se fue. No estaba, había nacido, era una
mujer".
   —Algún día me dijiste que te hice sentir
mujer —recordé.
   —Contigo comprendí que el cuerpo todo estaba hecho para las convulsiones del amor.
Me has regalado mi cuerpo porque ya me

reconozco en él. Tú no pides permiso para
caminarlo. Simplemente lo recorres sin miedo porque en ese amor que me das no quieres
dejar espacio sin besar. Sólo bastaba que lo
recorrieras para sacarlo del letargo en que
estaba, de la pereza de las pasiones en que
encontraba. Mira, *lady* Chatterley dice que
los poetas mienten cuando dicen que desea-
mos sentimientos. No. Estoy con ella. Lo que
buscamos es un hombre que se atreva a despertar en nosotras toda la sensualidad que
tenemos escondida y que lo haga sin remordi-
mientos, sin miedos, sin pudor, como lo haces tú y como lo hizo el guardabosques con
lady Chatterley.

El diálogo, reconstruido por Pedro Nolasco, no
dejaba de sorprender a Lucía. Era perfecto en su contenido, en sus palabras, en las afirmaciones y en las respuestas. Siempre que lo leía se preguntaba si ese día Pedro
Nolasco llevaba una grabadora escondida. Casi al mismo
tiempo se respondía que era absurdo porque jamás usaba
grabadora. Prefería pensar que lo había escrito en los instantes posteriores a la despedida de ese encuentro amo-
roso-literario, para capturar cada palabra, una tras otra, sin
perder la frescura de la memoria.

19

EL ANUNCIO DE LA FISCALÍA de abrir investigación contra tres de los hombres más cercanos al Presidente, por cuenta de las interceptaciones y seguimientos a miembros de la oposición, puso fin a las semanas de dicha de Pedro Nolasco porque su nombre era mencionado en las noticias. El organismo investigador lo citaba a declarar y a presentar las pruebas de sus artículos.

La noticia lo cogió en el periódico y no fue sino producirse para que el enemigo anónimo asomara de nuevo con una amenaza.

—¿Quién quiere que se muera primero, Lucía o Fernanda? Cállese o escoja hijueputa.

Cuando escuchó la voz, la misma que lo había intimidado con revelar su historia secreta, sintió un calor sofocante en la cara. Ahora lo amenazaba con matar a uno de los dos seres amados, cada uno en una dimensión distinta pero amores al fin y al cabo: un amor apagado por la repetición y otro vivo por la diferencia.

—¡Piénselo hijueputa!

El hombre colgó y le dejó un hueco en el estómago y un fuerte dolor en la cabeza. Pedro Nolasco se dejó caer sobre un sofá de cuero y se agarró la cabeza con las dos manos. Minutos después estaba reunido con Durango.

—¿Ya supiste lo de la Fiscalía?

—Sí. Esperaba cerrar el periódico para llamarte. Era previsible que abrieran la investigación.

—La verdad se estaban demorando.

Los muchos años de amistad le permitían a Durango descubrir el estado de ánimo de Pedro Nolasco sólo con verlo un segundo.

—¿Estás preocupado?

—Pero no por el llamado de la Fiscalía. Me preocupan las amenazas.

—¡Dios mío! ¿Volvieron a llamarte? —indagó Durango.

—Volvieron y amenazaron con matar a alguna de las dos —afirmó Pedro Nolasco.

—¿No será que te quieren asustar para que no se muevan las pruebas?

—No sé.

—Creo que es más fácil que le vendan a una revista tu romance oculto a que lleguen a esos extremos —dijo Durango para tranquilizarlo.

—No soy de la farándula como para que le paren bolas al amor clandestino de un columnista.

—Piensa en un titular de la prensa amarilla que diga algo así como "La doble vida del principal opositor del Gobierno". Eso llama la atención.

—¿Y quién se va a poner en la tarea de preocuparse por esa historia?

—Te recuerdo que hay más medios con el Gobierno que contra el Gobierno. Sólo por hacerle un favor al Presidente así él no lo pida, muchos están dispuestos a contar tu historia.

—¿Qué hacer entonces?

Ante esa pregunta sin respuesta, los amigos quedaron en consultar el tema con la almohada para buscar salidas. Pedro Nolasco salió cabizbajo del periódico. Ya no podía ocultar por más tiempo a Lucía y a su mujer lo que estaba pasando. Tomó en sus manos el celular exclusivo y lo paseó en sus manos antes de hacer la primera de las dos llamadas.

—Lucía, necesito verte.

—Pero debe ser al final de la tarde porque debo entregar un par de trabajos ¿Te parece bien? —dijo ella.

—Listo. ¿En el pueblo?

—Te busco en misa, en la última banca de la iglesia a las seis de la tarde.

Tantos acontecimientos sumados le hicieron sentir a Pedro Nolasco que estaba viviendo uno de los días más largos de su vida. Se movía de un lado para otro, como una veleta, buscando cómo llenar las horas mientras llegaba el momento de ver a Lucía; pero el reloj se movía en cámara lenta quizá por darle demasiada importancia al tiempo en medio de la angustia. Buscaba qué hacer para olvidar lo que se avecinaba en la vida de ella, en su vida, en la vida de Fernanda, en la vida de los niños. Entró a una librería y compró una edición de *Madame Bovary*, pero no pudo avanzar más de dos párrafos en la intención de empezar a releerlo por segunda vez en su vida. Un timbrazo en el celular, cuyo destinatario no aparecía, lo sacó de las nubes en que andaba y lo aterrizó en su realidad. Timbró una segunda vez y sintió de nuevo que la sangre le subía a la cabeza.

—Aló —dijo con miedo y desaliento.

—Ya estamos escribiendo el primer capítulo de su historia.

Casi sin pensarlo y en un arranque de ira, Pedro Nolasco respondió:

—Haga lo que se le dé gana —y colgó. Salió a la calle para iniciar el camino a San Isidro del Valle. ¿Cómo le diría lo que estaba pasando? ¿Cuál sería la mejor manera de decirle que la burbuja mágica en la que habían metido su amor estaba en alto riesgo? ¿Debía decirle que su vida corría riesgos por haberse involucrado con un hombre público que había perdido la felicidad del anonimato por ser un escritor de columnas? Optó por dejar el carro en su casa para tomar el bus que lo llevaría al pueblo. Aún tenía tiempo. Se ubicó al lado de una ventana, desde donde revivió los felices instantes de su vida al lado de Lucía. No había soltado un solo instante el libro de Flaubert. Leyó dos párrafos y se quedó dormido con la cabeza pegada a la ventana. Empezó a soñar que leía por segunda vez con Lucía a *Madame Bovary*.

—¿Qué tanto de Emma Bovary tienes tú? —le preguntó en sueños Pedro Nolasco.

—Quizá es carne como yo, pero la sentí soberbia, dura con su esposo. Podría haber sido su amiga por lo

menos. Él la amaba por sobre todas las cosas del mundo
—respondió Lucía.

—Pero era un amor pusilánime, rendido, sin réplica.
¿Eso no es insoportable para una mujer?

—Sí. Es insoportable. Él era muy débil, pero aun así
ella es muy dura. Él parece un hombre sin sueños, con-
formista. Ella, por el contrario, es soñadora. Las novelas
que pasaban por sus manos le hacían visible su desgaste
cotidiano, su abrumadora repetición. Es una mujer bus-
cándose, intentando llenar los vacíos.

—¿Vacíos del alma o del cuerpo? —preguntó Pedro
Nolasco.

—De los dos, aunque ella es muy instintiva. Pero
eso no quiere decir que no buscara placeres para el alma.

—Así somos en últimas, hombres y mujeres, ¿o no?

—Somos carne. Nos arrastran los instintos. A mí me
tocan los placeres del cuerpo, pero no sería capaz de viajar
hacia ti en un mundo exclusivo de carne. Me dejo llevar
por los impulsos del cuerpo porque te has tomado también
mi alma. Me llevas de la mano, muchas veces me llevas de
la mano para no dejarme hundir en la angustia de la vida.
Me acompañas con el alma y mi alma está pegada tanto
a mi cuerpo que a veces me parece que hacemos el amor
con las dos: con el alma y con el cuerpo —dijo Lucía.

—¿Te pareció erótica la novela?

—Mucho de erotismo queda flotando en el aire,
aunque no hay escenas eróticas propiamente dichas.

—Así es. El erotismo está tapado con un velo, es
sugerencia nada más —aseguró Pedro Nolasco.

—No hay descripciones, como en *lady* Chatterley, donde es claro dónde se posan las manos. En *Madame Bovary* el erotismo es una agitación como el día que León, su segundo amante, deja en evidencia su desesperación por sacar a Emma de una iglesia para poderla amar a sus anchas —complementó Lucía.

—La quiere sacar de un territorio sagrado hacia un territorio profano.

—Recuerdas que cogen un coche y el cochero les pregunta a dónde van y León le dice "a donde le parezca". El vehículo arranca y baja calles, cruza plazas y muelles y el cochero lo único que escucha es que atrás le dicen no pare, siga, avance, para dónde, para cualquier lado. Son dos hojas donde la imaginación del que lee vuela entre manos inquietas, besos arrasadores, pasiones desbordadas, penetraciones pantanosas, locura, aunque nada de eso está escrito.

—Es un viaje erótico que no habla de manos ni de besos, sino de calles y muelles.

—Es un recorrido en el que el lector viaja por dos cuerpos entrelazados, por la geografía imaginaria de un encuentro sexual.

Pedro Nolasco abrió los ojos y alcanzó a vislumbrar en la distancia la cúpula de la iglesia de San Isidro del Valle. Sabía que había soñado con Lucía, pero por más que se esforzaba no lograba recordar el sueño.

20

El más insignificante ruido reventaba en el lugar con un eco estruendoso. Faltaban diez para las seis cuando el golpeteo de una moneda estalló como un aguacero en el centro del templo. El olor a incienso se transformaba en evocación, como si los recuerdos entraran por la nariz más que por los ojos o por la boca. Pedro Nolasco sintió, por un instante, que el abuelo estaba a su lado susurrándole un llamado de atención para no olvidar que en el templo del señor sólo se entra a rezar. Sintió que su cuerpo lo rozaba y un temblor le agitó el corazón porque el recuerdo del niño había tocado físicamente al adulto. Pedro Nolasco se estremeció y en su somnolencia sintió que al olor del incienso se sumaba un perfume conocido, sorbido y degustado. Abrió los ojos y reconoció bajo un velo gris unos ojos que lo miraban y alcanzó a escuchar en la voz de Lucía la invitación a buscar un café para hablar.

—Te espero en el café de siempre, en las mesas del fondo —dijo en susurros—. No salgas detrás de mí. Espera un poco —indicó Lucía antes de abandonar el templo.

Sus palabras provocaron en Pedro Nolasco mucha angustia. Al escucharla decir "no salgas detrás de mí" sintió como si a ella también la estuvieran vigilando, como si Lucía supiera que el secreto estaba bajo amenaza de hacerse público. Se contuvo de no correr detrás de ella de inmediato y optó por esperar dos minutos contados en su reloj como una eternidad.

Cruzó el parque mirando para todos lados, con la paranoia alborotada por sus pensamientos. Entró al café y en el fondo, iluminada por una vela prendida, vio el rostro mágico de Lucía Bretón, esperándolo, sin el velo puesto.

Hablaron un buen rato de todo, menos de lo que los había convocado. Pedro Nolasco supo que Lucía no tenía idea de lo que estaba pasando cuando sacó del bolso *El Evangelio según Jesucristo* de Saramago y le pidió atención para leer una escena. Acercó suavemente el candelabro.

—"José entró en la casa, cerró la puerta tras él, y durante un minuto se quedó apoyado en la pared, aguardando a que los ojos se habituasen a la penumbra. A su lado, el candil brillaba mortecino, casi sin luz, inútil. María, acostada boca arriba, estaba despierta y atenta, miraba fijamente un punto ante ella y parecía esperar. Sin pronunciar palabra, José se acercó y apartó lentamente la sábana que la cubría. Ella desvió los ojos, alzó un poco la parte inferior de la túnica, pero sólo acabó de alzarla hacia arriba, a la altura del vientre, cuando él ya se inclinaba y procedía del mismo modo con su propia túnica y María, a su vez, abría las piernas, o las había abierto durante el sueño y de este modo las mantuvo, por inusitada indolencia matinal o por presentimientos de mujer casada que conoce sus deberes. Dios, que está en todas partes, estaba allí, pero, siendo lo que es, un puro espíritu, no podía ver cómo la piel de uno tocaba la piel del otro, cómo la carne de él penetró en la carne de ella, creadas una y otra para eso mismo y, probablemente, no se encontraría allí cuando la simiente sagrada de José se derramó en el sagrado interior de María, sagrados ambos por ser la fuente y la copa de la vida, en verdad hay cosas que el mismo Dios no entiende, aunque las haya creado".

¡Qué hermoso! La fuente y la copa de la vida. Nada más sagrado que eso —dijo Pedro Nolasco con tanta firmeza que no se notó que en algunos instantes de la lectura había perdido el hilo.

—Más sagrado que el Espíritu Santo que desaparece por arte de magia en las manos de Saramago.

—Más sagrado que el Espíritu Santo —repitió Pedro Nolasco. Detrás de sus palabras su mente pensaba en la mejor manera de interrumpir el sueño de la literatura para caer en la dura realidad.

—Y que tal el amor entre Jesús y María Magdalena —dijo Lucía visiblemente emocionada—. Seleccioné un pedacito para los dos: "María de Magdala llevó a Jesús hasta un lugar junto al horno, donde era el suelo de ladrillo, y allí, rechazando el auxilio de él, con sus manos lo desnudó y lavó, a veces tocándole el cuerpo, aquí y aquí, y aquí, con las puntas de los dedos, besándolo levemente en el pecho y en los muslos, de un lado y del otro. Estos roces delicados hacían estremecer a Jesús, las uñas de la mujer le causaban escalofríos cuando le recorrían la piel, No tengas miedo, dijo María de Magdala. Lo secó y lo llevó de la mano hasta la cama. Acuéstate, vuelvo en seguida. Hizo correr un paño en una cuerda, nuevos rumores de agua se oyeron, después una pausa, el aire de repente pareció perfumado y María de Magdala apareció, desnuda. Desnudo estaba también Jesús, como ella lo dejó, el muchacho pensó que así era justo, tapar el cuerpo que ella descubriera habría sido como una ofensa. María se detuvo al lado de la cama, lo miró con una expresión que era, al mismo tiempo, ardiente y suave, y dijo, Eres hermoso, pero para ser perfecto tienes que abrir los ojos. Dudando los abrió Jesús, e inmediatamente los cerró, deslumbrado, volvió a abrirlos y en ese instante supo lo que en verdad querían decir aquellas palabras del rey Salomón, las curvas de tus caderas son como joyas, tu ombligo es una copa redondeada llena de vino perfumado, tu vientre es un monte de trigo cercado de lirios, tus dos senos son como dos hijos gemelos de una gacela, pero lo supo aún mejor, y definitivamente, cuando María se acostó a su lado y, tomándole las manos, acercándoselas, las pasó lentamente por todo su cuerpo, cabellos y rostro, el cuello, los hombros, los senos, que dulcemente comprimió, el vientre, el ombligo, el pubis, donde se demoró, enredando y desenredando los dedos, la redondez de los muslos suaves, y mientras esto hacía, iba diciendo en voz baja, casi en un susurro, Aprende, aprende mi cuerpo. Jesús miraba sus propias manos, que

María sostenía, y deseaba tenerlas sueltas para que pudieran ir a buscar, libres, cada una de aquellas partes, pero ella continuaba, una vez más, otra aún, y decía, Aprende mi cuerpo, aprende mi cuerpo, Jesús respiraba precipitadamente, pero hubo un momento en que pareció sofocarse, eso fue cuando las manos de ella, la izquierda colocada sobre la frente, la derecha en los tobillos, iniciaron una lenta caricia, una en dirección a la otra, ambas atraídas hacia el mismo punto central, donde, una vez llegadas, no se detuvieron más que un instante, para regresar con la misma lentitud al punto de partida, desde donde iniciaron de nuevo el movimiento. No has aprendido nada, vete, dijo Pastor, y quizá quisiese decir que no aprendió a defender la vida. Ahora María de Magdala le enseñaba, Aprende mi cuerpo, y repetía, pero de otra manera, cambiándole una palabra, Aprende tu cuerpo, y él lo tenía ahí, su cuerpo, tenso, duro, erecto, y sobre él estaba, desnuda y magnífica, María de Magdala, que decía, Calma, no te preocupes, no te muevas, déjame a mí, entonces sintió que una parte de su cuerpo, ésa, se había hundido en el cuerpo de ella, que un anillo de fuego lo envolvía, yendo y viniendo, que un estremecimiento lo sacudía por dentro, como un pez agitándose, y que de súbito se escapaba gritando, imposible, no puede ser, los peces no gritan, él, sí, él era quien gritaba, al mismo tiempo que María, gimiendo, dejaba caer su cuerpo sobre el de él, yendo a beberle en la boca el grito, en un ávido y ansioso beso que desencadenó en el cuerpo de Jesús un segundo e interminable estremecimiento".

Pedro Nolasco había escuchado la lectura al descuido, con intervalos, porque la voz del delincuente le retumbaba en la cabeza como una maldición y le impedía concentrarse plenamente.

—Jesús no sólo redime el alma de los hombres, también redime el cuerpo —dijo Lucía y pidió su opinión.

—Es hermoso también —mintió otra vez porque no había logrado concentrarse en la lectura. La vio tan contenta esa noche que no quiso perturbarle el sueño con sus angustias, y prefirió dejar el tema para el día siguiente sin más aplazamientos.

21

Eɴ ʟᴀ ᴄᴀꜰᴇᴛᴇʀíᴀ ᴅᴇ ʟᴀ ʙɪʙʟɪᴏᴛᴇᴄᴀ, Pedro Nolasco encontró el espacio y el tiempo adecuados para enterar a Lucía de lo que estaba ocurriendo. Ella lo escuchó con mucha atención. Parecía no alarmarse, así su nombre estuviera en la mitad de una tormenta que podía hacerse pública en cualquier momento. Su padre alguna vez le había dicho que no había nada oculto eternamente bajo el cielo, que tarde o temprano todo se sabía, y en su vida esas palabras empezaban a convertirse en hechos. Tanto trabajar por hacer perfecta la clandestinidad del amor, por hacer invisible para el mundo la ruta paralela, para que unos delincuentes tuvieran toda la información en sus manos y amenazaran con divulgar el secreto.

Cada uno de los dos se preguntaba si había llegado la hora de acabar con todo, o si lo que estaban viviendo era la prueba más grande que les llegaba desde que sellaron la alianza con el primer beso. ¿Cómo enfrentar las crueldades de la vida sin perder el amor verdadero e imposible, dos palabras que para este caso parecen sinónimas?

—¿Esperamos? —preguntó Lucía—. A lo mejor no tienen nada.

—Tienen tu nombre.

—¿Dijeron Lucía?

—No exactamente.

—¿Qué dijeron?

—No recuerdo exactamente. Algo así como que "no me 'lucía' mentir", haciendo énfasis en "lucía", creo.

—*Umm…* Esperemos a ver de qué son capaces. Ahora sí entiendo tus cambios en el ritual.

—No quería llenarte de preocupaciones.

—Está bien. Yo también voy a comprar otro celular exclusivo para los dos. No nos dejaremos de ver, sólo cambiaremos la estrategia —dijo Lucía con una tranquilidad tan pasmosa y honesta que le pidió a Pedro Nolasco que se inventara un rapto en un nuevo escenario al que no pudiera llegar la crueldad del mundo. La cita quedó pactada para dos días después y el sitio quedó consignado en el oído de Lucía.

22

Sᴇɴᴛᴀᴅᴀ ᴇɴ ᴇʟ ᴏᴄɪᴏ ᴅᴇ sᴜs tardes, Lucía Bretón recordaba ese encuentro como el más arriesgado de todos, como el origen de una nueva era de la relación que implicaba acudir a todas las artimañas que surgieran de la imaginación para que los perseguidores invisibles se extraviaran en las engañifas.

Pedro Nolasco, el más paranoico de los dos, le confesó que para ese encuentro había salido en su carro y lo había parqueado lejos de allí, luego había tomado tres autobuses para enredar a los espías si es que lo estaban siguiendo y cuando ya no vio a nadie a su alrededor, caminó un kilómetro por la ruta de la costa hasta llegar al lugar de la cita, un hostal de camino que había encontrado en la guía hotelera del directorio telefónico. Lucía llegó media hora después, tranquila, dispuesta a demostrarle que su amor por él estaba por encima del miedo.

Se instalaron en una habitación del segundo piso y, sin hablarse, se entregaron a los deseos. Lucía recordaba esa tarde como una fiesta de los sentidos en la que hasta el alma era un sentido más. Pedro Nolasco la escudriñó con gusto, tacto, vista, oído, olfato, alma, como para atraparla toda, incluidos sus íntimos secretos. Sumergió las yemas de los dedos entre su cabello y la masajeó deliciosamente por los surcos que abrían a su paso y Lucía, con los ojos cerrados, sentía esos dedos paseando en su cabeza. Pedro Nolasco respiraba en su oído, inhalaba, exhalaba; mordía sus labios, los sorbía, inhalando, exhalando. Recorrió medio cuerpo con sus labios hasta echar anclas en el centro prehistórico de su locura; extasiado, palpó con los dedos sus otros labios, reconociendo con el tacto la forma exacta de la puerta húmeda. Por un instante fue consciente de los agites de su respiración y sintió que esa fuerza vital del aire que entra en el cuerpo y lo abandona llegaba hasta las neuronas del placer. Lucía, la del festín del amor, sintió que la lengua de Pedro Nolasco animaba su montaña carnosa y que un impulso indomable la obligaba a apretarle la cara entre sus piernas, mientras la otra Lucía, la que recordaba frente a la ventana, apretaba sus piernas en la evocación. Con los ojos cerrados en la humedad de sus recuerdos, Lucía recuperaba otra vez la plenitud que sólo él le hizo sentir cuando se apoderaba con la boca de su centro de gravedad, cuando tomaba posesión de su alma y de su cuerpo a través de la boca, de la saliva de su boca y de las caricias que sacaba de su boca. En la memoria liberaba sus muslos y el recuerdo la llevaba al instante mismo en que Pedro Nolasco entraba en su cuerpo. Caían, uno encima del otro, muertos de la dicha, atrapados en un mundo donde la respiración es lo único que destruye el silencio.

Un texto más heredado de Pedro Nolasco se posó ante los ojos de Lucía, la que recordaba, afianzándole la memoria:

Paladeo sin miel tus senos dulces y mido el
tiempo con el pulso de mis emociones: un segundo para un beso, unas horas para sorberte
y una eternidad para quererte.

Lucía volvió a sentir al hombre que se tomaba el
vino sobre su cuerpo y que la trasegaba palmo a palmo
con la lengua y con los dedos. Con esas imágenes circu-
lando en la memoria, con esa voz hablándole al oído y
con esa carne caminando su cuerpo, una lluvia gelatinosa
se le escapó del vientre.

Cuando el ritmo del corazón empezaba su lento
retorno a la normalidad, cuando la sangre dejó de hervir,
los ojos de Lucía se abrieron para liberar una lágrima
que se había estacando en los recuerdos. Miró al cielo,
fue consciente una vez más de la falta que le hacía Pedro
Nolasco y casi al instante se desgajó una granizada.

23

Una carta, en sobre blanco, y con su nombre escrito a mano, estremeció a Pedro Nolasco. El mensaje llegó en un arrume de correspondencia que le entregaron cuando llegó al periódico. Un hombre que firmaba como "Jhon Cuchillo" lo exhortaba a comerse sus palabras. Le decía textualmente "... si no se calla se muere hp". El contenido, lleno de amenazas e improperios, hizo que un sudor frío lo recorriera de la cabeza a los pies y que los músculos se debilitaran en un agotamiento espontáneo. Por su cabeza pasaron todas las columnas en las que había denunciado los abusos del Gobierno. Más allá de destapar las aberrantes interceptaciones a personajes públicos, sus escritos habían tocado las fibras más íntimas de la corrupción y habían develado los oscuros nexos de los detentadores del poder con sectores del paramilitarismo.

"Son paras", susurró. Se había metido con lo peor de la delincuencia, con criminales que ordenaban disparar a la cabeza para matar las ideas, con asesinos que se promocionaban como salvadores del Establecimiento pero al mismo lo convertían en una porquería. "Ellos y sus aliados en el poder eran los que lo amenazaban de muerte", pensó. *Jhon Cuchillo* puede ser cualquiera o puede no ser nadie, seguía pensando. "¿Existirá?", se preguntó en voz alta. Ante las dudas, decidió llamar a una fuente de confianza en la Fiscalía para indagar por el alias.

El funcionario averiguó de inmediato en los archivos de la entidad, y encontró a un hombre con ese alias que pagaba condena en una cárcel rural a setenta kilómetros de la capital. Su nombre era Hebert de Jesús Poncio y un dato oscurecía las cosas: le faltaban dos meses para cumplir su condena y era poco lógico, después de catorce años tras las rejas, que se arriesgara a delinquir desde prisión para poner en entredicho su libertad. Pedro Nolasco le pidió ayuda a la fuente para entrevistarse con el alias.

Carlos Durango, la primera persona a la que Pedro Nolasco le mostró la carta, quedó blanco como un papel. Supo, por cuenta de su amigo, que un hombre con ese alias estaba a punto de salir de prisión y que ya había empezado a tramitar un permiso para hablar con el reo. Durango celebró la decisión y se ofreció para acompañarlo en la diligencia si lo deseaba. Pedro Nolasco le agradeció el gesto, le hizo ver que no era bueno que el director del periódico, un hombre tan visible, arriesgara su nombre en visitas a delincuentes y le dijo que prefería ir con su fuente de la Fiscalía para tener un testigo de excepción en el encuentro.

Mientras esperaba a que le respondieran la solicitud, la Fiscalía oficializó el llamado para que se ratificara en sus denuncias. Pedro Nolasco tenía claro que no estaba obligado a revelar sus fuentes de información; optó entonces por fotocopiar todas sus columnas para ponerlas en manos de los investigadores.

El tema se volvió obsesión y angustia para el doctor Durango, que no hacía otra cosa que lanzarle propuestas a Pedro Nolasco buscando salidas.

—Si quieres denunciamos que tus conversaciones están siendo interceptadas y que te están siguiendo los pasos como a otro miembro más de la oposición. Quizá eso ayude.

Pedro Nolasco se quedó pensando un buen rato sin que Durango le quitara la mirada de encima.

—Me faltaría la prueba del acoso —respondió.

—Pues hay que buscarla con las mismas fuentes que te han entregado las pruebas de las chuzadas.

Pedro Nolasco salió de la oficina de Durango con la idea dando vueltas en la cabeza. Si acogía la fórmula, los detalles de su vida paralela podían hacerse públicos y no sólo destruiría a Fernanda y a sus hijos, sino que acabaría con Lucía. Imaginó un segundo escenario, también traumático en sus consecuencias. Una vez publicada la denuncia, el Gobierno podría jugársela por exigir del periódico la publicación del contenido de los seguimientos, qué hace, por dónde camina, con quién anda. Eso sí sería el acabose porque no tendría argumentos para justificar por qué en la mayoría de los casos ha divulgado los detalles de muchas interceptaciones y seguimientos, pero en el caso propio oculta los contenidos. Eso sería casi como decir que no tiene las interceptaciones, así las tenga bien protegidas, o que las tiene pero no las divulga porque tiene cosas que ocultar. También podía pasar, aunque lo veía poco probable, que el Gobierno optara por callar para no darle juego a sus denuncias. Ese era el escenario ideal y al mismo tiempo el escenario más irreal de todos. Aun así contactó a su fuente principal, a su garganta profunda.

—Siquiera apareció. ¿Por qué tan distante?, Pedro Nolasco Vallejo Mesa.

—Los problemas que no faltan. Necesito hablar con usted urgentemente.

—Esté pendiente que en cualquier momento nos vemos.

La fecha de la cita llegó al día siguiente. A través de un mensajero, el informante dejó una nota en un pequeño sobre en la portería del periódico, como lo hacía desde siempre para evitar sospechas. Pedro Nolasco la abrió temeroso, pensando en las amenazas, pero respiró tranquilo con el contenido: "Sr. Pedro Nolasco Vallejo Mesa. Café Rosario. Martes a las cuatro de la tarde". No había duda: se trataba de su garganta profunda, pues era el único que mencionaba su nombre con todo y apellidos.

24

Eʟ Café Rosario era uno de esos escasos lugares de la ciudad que estaban congelados en el tiempo. Allí todavía se atendía a señores de sombrero y corbatín con grecas de bronce que brillan como espejos. Estaba ubicado en el centro de la ciudad y tenía un sello inconfundible: olía a viejo y no era para menos. A su entrada un aviso indicaba claramente su antigüedad: fundado en 1851. El local había pasado de generación en generación como si se tratara de una esclavitud a la que no se podía renunciar sin sacrificar la dignidad de un apellido centenario.

Pedro Nolasco tomó todo tipo de precauciones para no ser visto, se sentó en la mesa más alejada de la puerta, al lado de la barra, donde aseguraba que su informante lo viera sin problema. Desde allí podía ver la historia de la ciudad en fotografías. En una imagen sepia vio una calle adoquinada llena de gente vestida de negro. Las casas, sin excepción, tenían aleros y balcones. Vio el desaparecido tranvía, atestado de pasajeros. Todos, ricos y pobres, vestían gabardina y sombrero, así tuvieran que ir colgados de las barandas del transporte público de la época. Reconoció una fila de casas coloniales, que hoy son sólo ruinas en manos de delincuentes. Vio la plaza cuando tenía zonas verdes y las columnas del Capitolio al fondo. Le pareció escuchar el bullicio de unos niños en pantalón corto corriendo en un mundo de colores que sólo podía ser fotografiado en blanco y negro. Vio una elegante carroza, arrastrada por un bello percherón y conducida por un señor bien vestido y le llegó la imagen de las zorras modernas, arrastradas por caballos famélicos. Vio como ardía el tranvía y como decenas de personas parecían desbocadas por la ceguera de una violencia incontrolada. En el fondo de esa fotografía le pareció descubrir a un francotirador apuntando su arma contra alguien que no se veía. La imagen lo alcanzó a perturbar.

A las cuatro en punto Pedro Nolasco miró su reloj y al levantar la cara hacia la puerta vio a su Garganta Profunda. Traía una gabardina negra que le daba casi al suelo. Lo reconoció, a pesar del contraluz, por el copete con gomina que se levantaba varios centímetros sobre su cabeza. Pedro Nolasco lo recibió de pie y le estrechó la mano.

—Pedro Nolasco Vallejo Mesa, ¡qué gusto verlo!

—Gracias. ¿Quieres un café tinto?

—Listo.

—Señor, dos cafés tintos en pocillo grande por favor.

—¿Por qué tan perdido? —dijo Garganta Profunda.

—La Fiscalía me llamó a declarar.

—Era de esperarse.

—En realidad eso es lo de menos. Me están amenazando de muerte —le dijo en voz baja.

El informante guardó silencio. El café llegó a la mesa y los dos tomaron al tiempo el primer sorbo. Pedro Nolasco sacó del bolsillo la carta que le llegó de la cárcel y se la pasó a Garganta Profunda. El hombre la leyó con detenimiento, calló un instante, se tomó otro sorbo de tinto y dijo:

—Habría que ver si ese hombre existe.

—El alias existe y pienso hablar con él.

—Eso está bien.

—Quiero pedirte un favor.

—A tu servicio.

Pedro Nolasco se acercó a él para hablarle casi en susurros.

—Me han llamado varias veces para decirme que me están siguiendo a todas partes, que tienen en sus manos mis itinerarios.

La noticia sorprendió y preocupó al mismo tiempo a Garganta Profunda, porque él también podía estar siendo vigilado. Pedro Nolasco lo tranquilizó diciéndole que cuando se veía con él tomaba todas las previsiones del caso, que nunca había llegado en su vehículo a las citas y que siempre daba vueltas y vueltas para enredar a un posible espía que lo estuviese siguiendo. Le aclaró, con un toque de mentira, que en todas las llamadas le mencionaban lo que hacía su familia y nada más.

—¿Crees que es posible conocer los resultados de los seguimientos que me han hecho? —dijo Pedro Nolasco.

—No los tiene mi grupo, pero déjame ver qué consigo.

25

Lucía Bretón supo, paso a paso, todo lo que acontecía en la vida de Pedro Nolasco. Lo supo entonces y lo recordaba ahora en sus largas jornadas de quietud, cuando lo único que se espera en la vida es la muerte.

Recordó, mientras veía pasar a lo lejos una bandada de pájaros blancos, que pasaron muchos días antes de que lograra motivar a su amante para una nueva lectura. Pedro Nolasco parecía perdido en una nebulosa gris. Hablaba y se iba con el pensamiento, hasta que un día se apareció en la biblioteca con un libro que alguna vez habían compartido y subrayado, y decidieron salir corriendo al refugio de la montaña, esquivando sus propias paranoias para amarse en la voracidad de la lectura.

Aunque los escritos de Pedro Nolasco no tenían fecha, los libros compartidos eran para Lucía como una marca de los días. Rastreó esa tarde entre las páginas y recordó que antes de Boccaccio se habían empalagado de un placer que Pedro Nolasco dejó escrito:

```
Te beso con la carne de mis labios y muerdo
suavemente tu boca y circulo con mis labios
tu carne y te pones sobre mí para que mi
```

carne entre en tu carne y somos carne conju-
gada que revienta en un éxtasis de alma.

Te aprendiste mi cuerpo, afirmaste un día
sin temblor en la voz, con el tono de certeza que le pones a las palabras cuando no
tienes dudas.

Lo aprendí —confirmé—. Lo conozco hasta en
sus más íntimos pliegues. Lo conocen mis dedos y lo conocen mis labios. Casi los leo
con la memoria que vive en las yemas de mis
dedos. Conozco sus bajadas, sus subidas, sus
leves lunares.

—Y me enseñaste a conocerlo palmo a palmo
con sus incógnitas, sus sitios vedados, sus
misterios, sus olores y sus goces —dijiste.

—¿Y tú te sabes mi cuerpo de memoria? —pregunté.

Casi me matas con la respuesta que trans-
cribo como me llega a la memoria:

"… he sentido tu cuerpo en mis manos, lo he
sentido sobre mí, estremecido, ansioso, he
sentido que me regala sus erecciones y sus
muertes, lo he sentido arder en mi interior
como una llama, me ha quemado por dentro con
sus explosiones vitales y me ha hecho erup-
cionar desde el fondo de la tierra".

Aquella noche en que hablamos de nuestros
cuerpos, nos gozamos a Boccaccio. Recuerdo que escogiste la historia de Alibech y el
monje rústico. Cómo gozamos esa historia en
la que ella carga con el infierno y él con
el diablo y se requieren el uno al otro para
aliviarse. El diablo del monje tiene el poder de apagar las llamas del infierno de Alibech y el infierno de Alibech tiene el poder
de apaciguar el diablo del monje.

Reías de lo lindo cuando leías las explicaciones que le daba el monje a Alibech, sobre
aquello que sobresalía de él hacia fuera. Le
decía que era el diablo y que ella era po-
seedora del infierno. La convenció de que
Dios la había enviado a su refugio para salvar su alma permitiendo poner al diablo en
el infierno.

Casi no puedo terminar la lectura del relato porque te pusiste a alborotar mi diablo con tus dedos, y estuve a milímetros de abandonar el texto antes del punto final, para buscar en tu cálido infierno la paz de mi cuerpo.

26

Una semana después, Pedro Nolasco viajaba solo rumbo a la cárcel. Allí se encontraría con su fuente de la Fiscalía para hablar con el hombre que, al parecer, le había enviado la carta amenazante. Había optado por viajar en un bus de servicio intermunicipal para engañar a sus perseguidores. Iba agitado porque jamás había puesto un pie en una prisión y porque le inquietaba que el destino, con sus caminos enrevesados, lo tuviera en esa dirección.

Se habían citado con el funcionario en una cafetería, ubicada frente al penal. El lugar estaba lleno de familiares de presos y de abogados que hacían negocio con sueños de libertad. El hombre tenía los ojos puestos en la entrada cuando Pedro Nolasco ingresó al lugar. Se cruzaron un rápido saludo y salieron hacia el penal, donde el director de la cárcel, un individuo esmirriado y con gafas culo de botella, los recibió con un afectuoso saludo.

—Bienvenidos. Síganme por favor. Al preso ya lo tenemos en sala.

Después de pasar la primera puerta, una pesada mole de acero, recorrieron un largo corredor lleno de celdas a lado y lado, donde los presos se comunicaban a gritos en un lenguaje incomprensible como si el encierro hubiese cambiado el origen de las palabras. Al final del corredor, el guardia que los acompañaba retiró unas pesadas cadenas de una segunda puerta hecha de rejas. Avanzaron un par de metros más y entraron a la sala donde estaba alias *Jhon Cuchillo*, vigilado por un guardia. Pedro Nolasco se había imaginado a un hombre gigantesco con cicatrices de cuchillo en la cara, pero encontró a un ser diminuto, con la piel azotada por muchos soles y con el cabello indio cayéndole sobre su amplia frente como una cortina de flecos; sus ojos zarcos y acuosos se quedaron mirándolos como preguntándose qué querían de él. El director del penal se despidió y el acompañante de Pedro Nolasco, sin duda más hábil en el manejo de ese tipo de situaciones, inició el diálogo.

—Señor Poncio, ¿cómo le va? —dijo.

—Bien —respondió desconfiado mientras Pedro Nolasco pensaba que ese hombre era más que un alias, que había sido parido por una mujer, como todos los hombres, y que quizá tenía familia esperando a que terminara su condena para rehacer la vida.

—¿Ha escuchado hablar usted del señor Pedro Nolasco Vallejo?

—¿De quién? —dijo con indiferencia.

—Pedro Nolasco Vallejo.

—*Umm...* ¿Yo qué tengo que ver con ese señor?

—De pronto mucho. Él es Pedro Nolasco Vallejo —dijo el funcionario y señaló a la supuesta víctima como intentando buscar culpas en el detenido.

El hombre lo miró con indiferencia, inconmovible. Por su reacción descolorida era evidente que no sabía de quién se trataba. El funcionario se quedó mirando al preso como quien busca descubrir algún embuste en una actitud.

—Yo a usted no lo conozco, no sé quién es —dijo Poncio dirigiéndose a Pedro Nolasco.

—*Ahh*, de modo que no lo conoce —atacó el funcionario.

—No lo conozco —insistió.

—Y si no lo conoce, ¿por qué le escribió una carta amenazándolo?

A Poncio se le oscureció momentáneamente la cara.

—Yo no he amenazado a nadie. Yo no he escrito ninguna carta.

—El que ha sido no puede dejar de ser —sentenció con desprecio el funcionario.

—Le juro que yo no amenacé a nadie. Acá adentro cualquiera puede firmar con el nombre de uno una carta.

—Disculpe —dijo Pedro Nolasco, agobiado por el acoso del funcionario—. ¿Alguien quisiera hacerle daño a usted acá adentro?

—Acá uno no viene a hacer amigos.

—¿Tiene enemigos que lo quieran perjudicar? —preguntó el funcionario, molesto con la intervención de Pedro Nolasco.

El hombre titubeó antes de responder.

—Aquí no hay amigos, sólo hay mala sangre por todos lados. *Jhon Cuchillo*, ¿quién pudo usar su sobrenombre para mandar una carta de esas? —insistió el funcionario.

Pedro Nolasco sintió consideración por el hombre porque vio en su rostro la angustia del acoso, pero optó por el silencio.

—Cualquiera pudo ser —insistió el preso, pero esta vez le tembló la voz.

—Eso no es verdad —afirmó con rabia el funcionario—. Usted sabe quién fue, o por lo menos se lo imagina, si es que usted no fue.

Poncio se pasó la mano por la cara y con sus dedos huesudos se secó el sudor que empezaba a inundar su frente. El funcionario y Pedro Nolasco miraban su reacción, el primero con la satisfacción de un exitoso acorralamiento; el otro, con pesadumbre y angustia.

—Si hablo me matan —dijo *Jhon Cuchillo* entre dientes, pero lo alcanzaron a oír.

—Nadie lo va a delatar y hasta podemos ayudarlo para que lo cambien de prisión mientras completa su pena —dijo el funcionario.

Los ojos azulosos de Poncio se perdieron en el pensamiento, antes de atreverse a dar un dato.

—No estoy seguro si son ellos. Están en el patio tres y sienten que yo los traicioné delatando un envío de coca a Estados Unidos. Yo sólo escoltaba al jefe. No tuve nada que ver con eso.

—Ese es el patio de los paras, ¿cierto?

—Sí señor.

—¿Y esa gente para quién trabaja?

—Para Ibarra.

Pedro Nolasco y el funcionario abandonaron la sala, no sin antes comprometerse con *Jhon Cuchillo* a un rápido traslado de prisión. Ya fuera del penal, Pedro Nolasco se disculpó con su fuente por haber interferido en el diálogo y le preguntó si sabía dónde estaba Ibarra.

—Se desmovilizó y después de incumplir sus compromisos se fugó. Nadie sabe de él. Pedro Nolasco, ¿quiere un consejo? Lo mejor que usted puede hacer es pedir protección del Estado. Es una manera de hacer responsable al Estado por lo que le pueda pasar.

Tres días después de la cita con *Jhon Cuchillo*, Pedro Nolasco puso en manos de la Fiscalía los artículos publicados en el periódico y argumentó que esa era su declaración y que no tenía nada más que decir, porque no estaba obligado a revelar sus fuentes de información. "Lo que tengo que decir está en las columnas", les dijo. De esa manera se sintió liberado de cargas y pudo decirle a Lucía que lo escondiera por unos días en algún lugar del mundo donde sólo existiera el amor.

27

Lucía inventó en su casa un viaje a un congreso literario, y Pedro Nolasco dijo que el periódico lo enviaba a un encuentro de periodistas investigadores. De esa manera armaron una pequeña luna de miel en un hostal ubicado en un caserío de la costa, alejado del bullicio urbano.

Cada uno salió por su lado rumbo a la habitación elegida a ciegas en el piso más alto de la edificación. La única certeza que tenían, porque así lo habían prometido telefónicamente los arrendadores, era que sus ventanas y su balcón le daban la cara al mar. Eso era lo único que les importaba.

Pedro Nolasco llegó primero y luego de inspeccionar juiciosamente el lugar sintió que lo había imaginado menos encantador. Lucía tocó la puerta cincuenta minutos después y dio su visto bueno, aunque prohibió usar un baño auxiliar porque carecía de ventilación.

Allí duraron cuatro días escondidos del mundo. Sólo salían de noche para caminar por las playas cercanas y para sentir el mar en sus pies descalzos. Saltaban de la cama al balcón, del balcón a la cocina, de la cocina a la sala, de la sala al balcón y del balcón a la cama como si todos los días descubrieran un nuevo balcón, una nueva sala, una nueva cocina y una nueva cama.

El lunes, primer día del encuentro, se enloquecieron de pasión y probaron la cama y sus alrededores con sus cuerpos desnudos hasta que Lucía cayó rendida; entre tanto Pedro Nolasco se dedicó a escribir las locuras que todavía ardían en su piel:

```
Temblaste en la punta de mi lengua y eras
de dos metros. Te paraste en los extremos de
la silla donde estaba sentado y miré hacia
arriba y vi tu lirio y vi cómo, en un acto
de equilibrismo, vibrabas en mi lengua, bai-
labas en la punta de mi lengua. Te sostuve
largo rato y a mi lengua le trajiste los sa-
bores del sándalo y la albahaca.
```

Lucía despertó media hora después y sintió un temblor en el cuerpo de sólo pensar que estaba a solas con un hombre que no era su esposo, que había fabricado una mentira para amarlo cuatro días con sus noches y que la magia apenas empezaba y ya no quería desprenderse de ella. Tomó uno de los libros que había llevado y con la otra mano guió a Pedro Nolasco hacia al balcón, donde el mar regalaba una de sus muchas brisas de la tarde. Abrió las páginas de un texto de Cayo Valerio Catulo, el primer poeta erótico latino.

—Escucha este poema que se llama "Vivamos, Lesbia". Ese fue el nombre poético que le dio Catulo a su amante Clodia Pulcher, esposa de un cónsul supuestamente envenenado por ella. Escucha el poema: "Dame mil besos, luego cien, / luego mil más, y otros cien / y otros mil, y cien más. / Cuando sumemos miles, comenzaremos nuevamente / para no saber cuántos fueron/ni que se entere ningún envidioso". Pero como dicen que del amor al odio sólo hay un paso, la infidelidad de Clodia envenena los versos de Catulo. Escucha ahora esto: "¡Oh Celio! Nuestra Lesbia, aquella Lesbia, / a quien Catulo amó más que a sí mismo, / más que a los suyos, / ahora se acuesta en plazas y calles, / con los hijos de Remo el magnánimo".

—Remo, el fundador de Roma.

—El mismo y sus hijos son todos los romanos.

—O sea que se acuesta con todos —concluyó Pedro Nolasco—. Es poesía al servicio de la venganza.

—Nadie sabe cómo va a reaccionar si vive lo que le tocó a Catulo —dijo Lucía.

En la noche, Pedro Nolasco la bañó en brandy con leche como a una diosa y la veneró en un ritual de besos en el que se emborrachó tomándose su cuerpo.

Exhaustos por el viaje y por las agitaciones del amor, durmieron abrazados hasta después del mediodía. Pidieron almuerzo a la habitación y se gozaron la tarde en el balcón dejándose llevar por ese aparente horizonte sin fin de la Tierra redonda. Acompañados por un buen vino, veían cómo los barcos se extraviaban en una bruma lejana y cómo los pelícanos hacían piruetas en el aire antes de acuatizar en el mar para cazar un pez.

Lucía escapó un segundo a la habitación y llegó con el tercer libro de Ovidio, el de los consejos para mujeres, y con otra botella de vino.

—Escucha a Ovidio: "Es necesario que tu amante no vea los envases de cosméticos en tu tocador: el arte solamente hermosea si se oculta. A cualquiera le podría desencantar ver las cremas con que te embelleces la cara". ¿Me volví fea al mostrarte mi arte? ¿Podrías desencantarte por eso? —Ovidio habla a las mujeres que necesitan una máscara para hacerse bellas. Tú no las necesitas —afirmó Pedro Nolasco.

Sonaron las copas para un sorbo de vino.

—Escucha este otro consejo: "Demora tu respuesta para azuzar sus deseos, pero por poco tiempo".

—La demora en la respuesta puede cansar a los enamorados que no aman —intervino Pedro Nolasco.

Sonaron las copas para otro sorbo de vino.

Lucía pasó varias páginas y siguió leyendo: "Haz que ruegue y que golpee enojado tu puerta, que plantee exigencias y que pierda la paciencia; en muchas ocasiones, un barco se perdió porque el tiempo era demasiado calmo". ¿Por qué no perdiste la paciencia conmigo? Yo te frenaba excesivamente y todo el tiempo. ¿No te cansabas de insistir?

—Entre más difícil la conquista, más se ama el tesoro ganado. En la lucha está el placer y en la paciencia el mérito.

—Pues lo lograste.

Sonaron las copas para un nuevo sorbo de vino.

—Ovidio también aconseja tener buen vino —continuó Lucía—. "A una mujer joven le conviene el exceso de bebida: Baco y Cupido tienen una buena amistad. Pero no llegues a perder el control ni la razón; debes mantener el control y el equilibrio y no ver doble los objetos. No gusta una mujer borracha y ten cuidado con el sueño de sobremesa, porque da la posibilidad de ultrajes al pudor". ¿De veras es tan malo una mujer borracha?

—Quizá tanto como un hombre borracho. Ambos tienden a caer en una alegría desmedida.

—Pues estoy borrachita —dijo Lucía con una carcajada.

—Entonces caigamos en una alegría desmedida porque estoy en las mismas.

Se rieron un buen rato y sonaron las copas para otro trago de vino. Lucía lo miró en silencio como sumida en un pensamiento momentáneo:

—¿Quién era yo cuando nos conocimos y quién soy ahora? —preguntó.

Pedro Nolasco pidió unos minutos de reflexión para responder:

—Alguna vez me lo preguntaste, pero hoy voy al grano en la respuesta. Eras miedo de enfrentar el mundo y hoy eres tan valiente que huyes para gozarte el mundo. Esas son las dos mujeres de mi vida y con las dos me quedo.

—Soy otra, más valiente, más libre, más permisiva, porque terminé por entender que realmente me amabas, que no era un amor de piel sin alma y porque en casa me fueron perdiendo lentamente con sorbos de desamor. Cómo hemos madurado, ¿cierto?

—Mucho y ahora yo soy el que pregunta. ¿Cómo era yo y cómo soy hoy?

—Siempre te he visto seguro de ti, arriesgado, trasgresor, dando el paso sin miedo, sabiendo quién eres y qué quieres. La diferencia es que antes me amabas como si fuera la última vez. Hoy me amas con la certeza de que no es la última vez. Me sabes atrapada.

—Encontré una frase en *La casa de los espíritus* que es como un resumen de lo que nos pasa. Espérame traigo el libro porque yo también tengo sorpresas literarias.

Pedro Nolasco se alejó del balcón, y cuando cruzaba por el corredor que llevaba a la alcoba se le vino encima la angustia de las amenazas, y sintió que la tierra se abría a sus pies y lo alcanzaba la muerte, pero se tragó entera la pesadilla mientras sacaba a Isabel Allende de la maleta para volver al balcón, como si nada estuviera pasando por su cabeza. Respiró profundo antes de mirar a Lucía, buscó la página con el alma ofuscada y sólo leyendo recuperó el ánimo.

—¿Recuerdas que Esteban Trueba soñaba casando a su hija con un conde francés? Pues el conde sospechaba que ella tenía un secreto. La había visto salir de su casa vestida de hombre y rumbo al río. Un día decidió seguirla y desde un escondite, la vio con su amante; estaban desnudos, y se dio cuenta de que la situación era más grave de lo que había imaginado. Te leo el párrafo que se parece a los dos: "En la actitud de los amantes reconoció el abandono propio de quienes se conocen de muy largo tiempo. Aquello no tenía el aspecto de una aventura erótica de verano, como había supuesto, sino más bien de un matrimonio de la carne y el espíritu".

—¡Qué hermoso! —dijo Lucía— El acto sexual nos saca momentáneamente de la soledad, pero el amor nos hace superar el aislamiento sin privarnos de lo que somos cada uno. Dos seres se convierten en uno, pero siguen siendo dos.

—¿Erich Fromm? —advirtió Pedro Nolasco.

—No. Tú y yo. El matrimonio de la carne y el espíritu.

Sabían que se habían encontrado para fundirse y para trascender la prisión de sus dos soledades; sabían que sus entregas clandestinas y profundas estaban tejidas con las magias del otro; sabían que en el acto de penetrar y ser penetrado se descubrían a sí mismos; sabían que el deseo de fundirse en el sexo, de unir sus cuerpos, estaba plenamente conectado con el amor, y que el erotismo que los llevaba a buscar el placer estaba acompañado de una fraternidad sin límite, de un profundo respeto por el otro. Lloraban juntos como niños porque habían descubierto tarde el amor, y porque sabían que ninguno estaba dispuesto a construir la vivencia cotidiana sobre el dolor de otros.

28

Cuando Lucía despertó al tercer día, Pedro Nolasco estaba sentado a un lado de la cama leyendo *El jardín perfumado*. La saludó con el epígrafe de la introducción, como si le hablara de sus perfumes:

—"Oh, ese olor penetrante del cual mi deseo está saturado…, olor hecho de miel, de sándalo, de leche y agua de rosas, con el cual se confunde la humedad que aroma tu piel cuando te gozo, porque…, ¡yo ya estoy impregnado del olor de tu cuerpo!".

—No es fácil conseguir ese libro.

—Lo busqué mucho y finamente lo encontré en la sección de sexología de una librería del centro y no en los estantes de literatura erótica.

—Ese libro son las dos cosas. Es el tratado erótico más importante de la cultura árabe. Dicen incluso que es mucho más que el *Kama sutra* para los indúes.

—Voy con otro epígrafe: "¡Yo ya estoy impregnado de la voz de tu cuerpo! Tu cuerpo me habla cuando vibra con un beso, cuando te sorbo con la boca, cuando resbala mi lengua por sus rincones y siento que tu cuerpo me habla". Sabes que sentí que yo era el autor de ese epígrafe y que tú eras la mujer a la que se dirigía el mensaje.

—Es que tú eres el autor y yo soy el cuerpo al que le hablas con los besos.

—Te confieso Lucía —dijo Pedro Nolasco con un halo de misterio—, que cuando leí este libro sin ti, me llegó el olor de tu jardín después de regarlo con mi sudor y con mi vida.

—Te amo —dijo Lucía.

—Conozco tanto tu cuerpo que siento que me habla. Mira que en el libro una mujer hace una confidencia. Recomienda al hombre escuchar los suspiros, quejas y murmullos de la mujer para atestiguar la fuerza del placer proporcionado. Eso hago yo: escucho los sonidos de tu cuerpo.

—¿Y gozas con mis sonidos?

—Me estremecen. Suenas hasta en la transpiración. A propósito quiero formularte las mismas preguntas que le hicieron a una filósofa llamada Maarbeda. ¿Juegas?

—Juego.

—Listo. Entonces va la primera: le preguntaron, ¿en qué sitio del cuerpo se halla situado el espíritu de la mujer? ¿Qué responderías?

Lucía pensó un instante y lanzó una respuesta como un disparo.

—Entre la cadera y los muslos que están conectados con el corazón. ¿Qué dijo la filósofa?

—Ella respondió que entre los muslos.

Sonrieron con la respuesta y Pedro prosiguió con el cuestionario.

—También le preguntaron, ¿y dónde está la sensación del placer?

—Mi ser mujer tú me lo sacaste del centro, cuando descubriste mi flor con tus besos.

La respuesta emocionó a Pedro Nolasco y lo hizo temblar de deseo. Dejó el libro a un lado y tomó una botella de vino, pero no para beberlo sino para regarlo sobre el cuerpo de Lucía, de la cabeza a los pies, para sorberlo a tramos en la piel que lo hechizaba.

Entre los textos escritos por Pedro Nolasco, que reposaban ahora en el regazo de la Lucía que vivía de los recuerdos, aparecía la evocación de esa embriaguez alucinante del tercer día:

Y nos embriagamos en el vino que circulaba por la piel del otro. Lo bebí en los poros y lo sorbí en las lagunas diminutas que se armaban en tu piel y lo bebiste en mi cuerpo hasta dejarme exhausto. Dormimos por tramos y por tramos leímos. De *Las mil y una noches*, esa mágica suma de oro y amanecer, sacamos a Wardan, el carnicero. Lo leímos en voz alta, un párrafo tú, otro yo. Primero fue el negro que le enseñó los excesos de la carne a la quinceañera. Tras la muerte del negro fue un gorila, por cuenta de los hechizos de una vieja corrupta, el que la penetraba entre vértigos de placer. Wardan descubre que la joven se ha convertido en esclava y mata al gorila para rescatarla. Ella admite que el negro le permitió reconocer los goces que se esconden en su interior y reconoce que la muerte del gorila la deja vacía.

—"¿Reconocer el placer nos esclaviza al placer?" —te pregunté—. "El placer llama más placer" —dijiste—. "Es como el oro que nos hace ambiciosos o como el juego que nos hace ludópatas. Si no los sabemos manejar, nos someten".

Sólo una mezcla sacó a la joven de su esclavitud. En una olla de metal echaron once gramos de lúpulo y algunas hojas. Todo hirvió durante dos horas y, cuando la joven dormía, la vieja —que la había forzado a entregarse al gorila— fumigó con la pócima las regiones del placer, hasta sacar de las entrañas dos anguilas que eran la causa del insaciable deseo, y que habían nacido de las cópulas del negro y de las cópulas del gorila. Sólo así la joven empezó a gozar de la sexualidad con moderación.

29

Eʟ ᴜ́ʟᴛɪᴍᴏ ᴅɪ́ᴀ ᴅᴇ ʟᴀ ꜰᴜɢᴀ, los amantes despertaron arrebatados por el deseo de quedar marcados en la demencia del amor. Se bañaron juntos bajo la ducha caliente, se abrazaron y besaron mientras decenas de hilos de agua corrían por sus cuerpos, y se secaron a medias antes de llegar goteando a la cama y se siguieron besando, esta vez en todas las direcciones y por todos los caminos, y por un rato ella fue seis y él, nueve, y se sorbieron por tramos hasta completar el uno la geografía del otro, y se sentaron a leer y a hablar del capítulo del *Libro del buen amor,* que más se adaptaba a lo que estaban viviendo en esa despedida voraz y placentera, como si fuera la última vez que se vieran. Lucía leyó con ritmo poético el capítulo "De cómo, por naturaleza, los hombres y los animales desean la compañía del sexo contrario":

—"Como dice Aristóteles, y es cosa verdadera, por dos cosas se esfuerza el hombre: la primera, por conseguir alimentos; la otra cosa es por poder yogar con hembra placentera. Que el sabio dice la verdad, claramente se prueba: hombres, aves, animales, bestias de la cueva quieren por naturaleza, compañía siempre nueva;

mucho más el hombre otro ser que se mueva. Digo mucho más el hombre que otra criatura: todas en cierto tiempo se juntan, por natura; el hombre de poco seso a todo tiempo, sin mesura, cada vez que puede, quiere hacer esta locura".

—Definitivamente el placer de la carne nos desborda —añadió Pedro Nolasco.

—Bataille, el escritor francés, decía que lo que caracteriza al ser humano es vivir en un lugar situado entre el deseo de volver a la animalidad y la imposibilidad de cumplir ese sueño. Recuerda: los animales yogar por natura, en cambio nuestra natura es yogar en busca de parecernos al animal que fuimos —puntualizó Lucía.

Rieron de buena gana y Lucía continuó con su lectura.

—Escucha muy bien esta enseñanza del Arcipreste de Hita. Pero es para que aprendas —dijo irónicamente Lucía—: "Y yo, como cualquier hombre, como pecador, a veces tuve de las mujeres gran amor: que el hombre pruebe las cosas no es lo peor, sino distinguir el bien y el mal, y escoger lo mejor". A ti, que tantas mujeres has tenido, te calza muy bien esta estrofa.

—Tampoco son tantas como crees.

—Tú has sido perro.

—De dónde sacas esa idea.

—*Umm…*

—Bueno, quizá en épocas de juventud, un poco.

—¿Pero aprendiste a distinguir entre el bien y el mal?

—Por supuesto. Tú eres el bien.

—No te equivoques. Puedo ser el mal.

—Pues sería el mal que más me hace bien.

30

"Se suicidó en prisión alias *Jhon Cuchillo*". El titular, perdido en la baranda judicial de un periódico sensacionalista, sacudió a Pedro Nolasco. "Víctima de una profunda depresión, y a menos de un mes de recuperar su libertad por pena cumplida, Hebert de Jesús Poncio, alias *Jhon Cuchillo*, cabecilla de una peligrosa banda al servicio del narcotráfico, se quitó la vida en prisión. Las autoridades carcelarias investigan por qué el delincuente tomó la drástica decisión".

Ansioso, Pedro Nolasco tomó el teléfono y llamó a su fuente en la Fiscalía en busca de datos adicionales sobre el suicidio de Poncio y no encontró ninguna pista. También llamó a su Garganta Profunda para saber si había alguna noticia sobre sus seguimientos pero tampoco había nada todavía. El informante le prometió, eso sí, un paquete con "cositas", como solía llamar las pruebas contra el Gobierno.

Atribulado por la muerte de alias *Jhon Cuchillo* y con un sentimiento de culpa cruzándole el pecho, Pedro Nolasco llegó a su casa. Su esposa Fernanda lo esperaba con los ojos hinchados de llorar.

—¡Usted es un desgraciado! —le dijo al verlo.

Pedro Nolasco palideció, pero disimuló su sorpresa con una pregunta.

—¿Qué pasó? ¿Por qué me dices así?

—Le parece poco estas fotografías con una perra. Me dan hasta el nombre: Lucía Bretón. ¿Quién es esa puta?

Fernanda le botó las fotos por la cara. En silencio, sin chistar palabra, Pedro Nolasco las recogió y las miró con cierto desdén como bajándole la intensidad al episodio. Sólo una de las fotografías revelaba una pequeña imprudencia. Le daba un beso a Lucía en un sitio público, pero no era claro que fuera en la boca.

—Pero esto no es nada. Ella es una fuente de información simplemente.

—Una fuente de información a la que besa en la boca. No me crea idiota.

—¿Dónde la beso en la boca? ¿Cuándo?

Fernanda sacó una foto que había separado de las demás y se la mostró sin entregársela. Allí sí había un beso de verdad, captado de noche en un parque.

—Ese no soy yo —dijo Pedro Nolasco tratando de confundir a su esposa.

—Llevo tantos años viviendo con usted que yo sé que ese es usted.

Por más explicaciones que daba, intentando resguardar del mundo y sus ruidos ese amor que le llegó a destiempo y por el que quería vivir sin herir a nadie, Pedro Nolasco trataba de encubrir la relación, pero Fernanda lo presionada para que confesara su caída, para que dijera quién era Lucía Bretón y de dónde la había sacado.

—Claro que existe. Es una fuente de información. Lo que no existe es el romance. No permitas que mis enemigos te llenen de cuentos.

—No se haga el imbécil. ¿De dónde sacó a esa puta?

Le dolían esos calificativos, pero no podía hacer nada distinto que desmentir los señalamientos. Acosado y con la certeza de que el tema no iba a acabar hasta que terminara admitiendo por cansancio lo que no quería revelar por convicción, Pedro Nolasco decidió sacar de su maleta la carta amenazante que le habían enviado desde prisión.

—Estos son mis enemigos, Fernanda.

La mujer tomó la carta y la leyó con un rictus de rabia y angustia.

—¡Dios mío! —exclamó— ¿Por qué me ocultabas esto? —Fernanda volvía a tutearlo.

—No quería preocuparte —dijo Pedro Nolasco.

—¡Es gravísimo!

Pedro Nolasco respiró tranquilo porque había logrado cambiar el escenario de la tensión. Alcanzó a pensar en lo paradójico que resultaba que una carta en la que lo amenazaban de muerte se convirtiera en su tabla de salvación, así fuera momentáneamente.

—Los políticos usan todas las armas cuando se trata de atacar —dijo.

En ese instante sonó el celular. Era Durango que le sugería ver el noticiero porque el Presidente se acababa de despachar contra él y contra el periódico por el caso de *Jhon Cuchillo*. Le pidió no responder preguntas a periodistas hasta que se reunieran al día siguiente para definir qué hacer frente al tema. Pedro Nolasco se comprometió a callar hasta el día siguiente y optó por apagar su celular.

—¿Qué pasó? —preguntó Fernanda.

—El firmante de la carta se suicidó después de una visita que le hicimos en prisión.

—¡Le hicimos! ¿Quiénes?

—Una fuente de la Fiscalía y yo. Queríamos preguntarle por las amenazas. Me dice el doctor Durango que el Presidente va a hablar del tema.

—¿Por qué no me habías contado nada, o es que todo se lo contabas a la moza?

—No he querido angustiarte. No hay moza. Es un montaje.

—Soy tu esposa y merezco saber esas cosas.

—Disculpa. Pensé que era mejor no angustiarte.

—No estoy de acuerdo —dijo molesta—. Secretos y moza. En esas anda mi esposo.

Pedro Nolasco prendió el televisor y al segundo se escuchó la música de los titulares: "Presidente habla del suicidio de un narco en prisión. Asegura que hace pocos días el periodista Pedro Nolasco Vallejo lo visitó en la cárcel". El segundo titular, mucho más azuzador que el primero, era un fragmento de las palabras del Presidente: "… respetamos a la prensa, pero no vamos a permitir la alianza de algunos de sus representantes con la delincuencia organizada".

Pedro Nolasco sintió una rabia tan profunda que por poco se pone a llorar.

—¡Qué hijueputa! —dijo en voz baja, aunque no era usual que pronunciara ese tipo de palabras.

Rodaron los titulares con más noticias, con deportes y con farándula antes de dar inicio a la diatriba infame del primer mandatario en la que sembraba de dudas la honestidad de Pedro Nolasco, y dinamitaba su reputación con frases indemostrables: "¿O es que ese hombre que se quitó la vida en prisión, era un ángel inocente pagando una pena no merecida? Era un delincuente confeso a punto de salir de prisión y quién sabe si con ayuda de amigos como Pedro Nolasco Vallejo. Los investigadores tienen serios indicios de que ese hombre era la fuente de información del periodista. ¡Ni más faltaba! Los pájaros tirándole a las escopetas. Un delincuente condenado por narcotráfico, la fuente de un periodista, ¡que desprestigio!".

Pedro Nolasco pasó la peor noche de su vida. Su esposa lo acompañó hasta pasadas las doce, con interludios de solidaridad y de reclamo por las fotografías no aclaradas. Caminó de un lado para otro, pensando en los ataques recibidos en las últimas horas. El Presidente lo había deslegitimado como periodista y le había dado trato de delincuente, y un enemigo anónimo había cumplido su palabra de destruir su hogar, que quizá él ya había destruido en la clandestinidad del amor verdadero.

31

ADORMILADA POR EL SOPOR DE una tarde calurosa, Lucía volvió a vivir en sueños el día en que Pedro Nolasco cruzó la verja de la casa de la montaña, con su *blue jean* desteñido pero bien planchado y su camisa de líneas azules, cargando bajo el brazo los escritos que recogió bajo el nombre genérico pero no definitivo de "Anacronía". Los puso en sus manos y sólo atinó a decir que allí estaba consignada la historia de un amor verdadero, el amor que le profesaba con una devoción sin medida.

En su modorra le pareció oír de nuevo la voz de Pedro Nolasco, que se había quedado para siempre grabada con sus tonos y timbres en algún rincón de la memoria del amor, leyendo los versos con que despegaba sus escritos:

```
Amor,
delirio de vértices,
muerte fronteriza,
me quitas esta peste de tierra que me azota,
me das ese solaz que necesita el alma,
un instante siquiera,
así muy pronto muera.
```

Lucía sintió que una lágrima le hacía cosquillas al deslizarse en su recorrido por la cara. Sacó fuerzas en medio de su debilidad soporífera, entreabrió los ojos y se rascó perezosamente la mejilla. "Cuánto gocé en nuestra ruta paralela y cuánto sentido le entregaste a mi vida", dijo a media voz como hablándole a la soledad, antes de sentarse a llorar por la ausencia.

Las lágrimas le devolvieron el último encuentro en el rincón oscuro de la cafetería de San Isidro del Valle, donde juraron proteger el amor de las tormentas del mundo y donde imaginaron un espacio en el que la vida les permitiera disfrutar de la alianza del alma y de la carne que los hacía uno. Bajo el amparo del fuego que brotaba de una vela cuadrada, brindaron con vino caliente por la validez de un amor que sólo era posible entre las sombras.

Esa tarde, distante en los años pero cercana en la memoria, la oscuridad les impidió percibir que en la calle había caído la noche. Antes de emprender su camino, Pedro Nolasco la dejó en el mismo lugar donde la había dejado muchas veces y esperó a que tomara un colectivo veredal que demoraba cinco minutos hasta su casa. El vehículo llegó y se despidieron de lejos alzando la mano.

Mientras conducía, Pedro Nolasco pensaba en la paradoja que representaba Lucía para él. Era, al mismo tiempo, felicidad y dolor. Le entregaba, simultáneamente, la plenitud y la desolación de los adioses. Lucía era tener que irse sin quererse ir.

En el primer semáforo del descenso de la montaña, en un cruce de caminos, una camioneta negra, con vidrios oscuros, se puso a su lado. Al principio no la vio porque andaba volando con sus pensamientos, pero en algún momento le pareció que unos ojos lo miraban a través del oscuro cristal. Sintió el miedo más grande de su vida; un temblor le subió desde el estómago hasta la garganta y sintió nauseas. Cuando cambió el semáforo esperó unos segundos a que los extraños arrancaran primero. El vehículo avanzó despacio y Pedro Nolasco alcanzó a ver las placas iluminadas por un farol. Tembloroso, anotó los números en el respaldo de un tiquete de peaje. Algunos metros más adelante, Pedro Nolasco hizo un giro inesperado por un camino circular que lo pondría de nuevo en la ruta de su casa. Su idea era engañar a los supuestos enemigos o por lo menos aclarar si eran sus perseguidores. Cuál sería su sorpresa cuando vio por el espejo retrovisor que lo seguían de cerca con las luces en altas. Atrapado entre una alucinación parecida a la realidad o una realidad que lindaba con la alucinación, Pedro Nolasco tenía que hacer un gran esfuerzo para que la luz de las bombillas no le cegara el camino. Cuando salió de nuevo a la vía central, hundió el acelerador a fondo y sintió que lo cazaban los sicarios. Por el espejo le pareció ver a un hombre que sacaba medio cuerpo por una ventana y vio la silueta de una ametralladora. El hombre, la silueta del arma y el carro eran y no eran, surgían y se los tragaba la tierra. Pedro Nolasco sudaba a mares. El terror se le había concentrado en las piernas porque no las sentía, y sus manos estaban entumecidas por el miedo. Escuchó un disparo y cerró los ojos, pero no estaba seguro de si el sonido había salido de su imaginación. Por un instante los perdió de vista en los espejos. Alcanzó a respirar en un falso y breve alivio hasta que los vio de nuevo al costado derecho. Las ventanas estaban abiertas y la camioneta parecía llena de sombras y no de hombres. Uno de ellos, con una risa diabólica y sentado en el puesto de atrás, apuntaba su arma contra él a más de cien kilómetros por hora. Pedro Nolasco viró a la izquierda por una paralela. Un delgado sardinel lo separaba de los asesinos, pero al final desembocaba irremediablemente en la misma vía. Hizo un esfuerzo monumental para superar la velocidad y ganarles la salida. Lo logró mientras el timón temblaba en sus manos como si se fuera a reventar y por el retrovisor aparecían y desaparecían los verdugos como si fueran fantasmas. En medio del vértigo alcanzó a sentir en su boca el último beso de Lucía. Pensó en ella y en Fernanda, pensó en sus hijos y en lo poco que había compartido con ellos en mucho tiempo. Los muchachos ya iban para los dieciocho años y él, su padre, que los veía sagradamente sábados y domingos, se había perdido de muchos dolores y alegrías de su adolescencia. En esa vida que trepidaba en su cabeza como una película a cámara rápida, le dio gracias a Fernanda por ser, al mismo tiempo, ella y él, y lo acosó la pesadumbre de su doble vida en la que tuvo que esconder el amor por el simple hecho de que llegó tarde. Sintió de pronto la fragancia que Lucía había dejado en el carro, la aspiró como queriendo absorber su aroma y sintió que el perfume aliviaba el terror de una fuga, que a ratos parecía una carrera loca contra una camioneta desbocada en su imaginación, porque los perseguidores eran y dejaban de ser en un instante, surgían como un espanto en el retrovisor y desaparecían como por arte de magia. En medio del acoso, buscó el papel donde había anotado la placa y no lo encontró. Miró por todos los espejos y no vio a sus perseguidores, pero un segundo después el foco de luz invadía el espejo lateral. La camioneta era y dejaba de ser. Sintió el sabor a vino de la boca de Lucía y pensó que si en otra vida volviera a pasarle lo mismo que había vivido en esta, repetiría la historia porque había comprendido que el amor es lo que más pesa en la vida de un hombre. Por la vía serpenteante por la que huía de los fantasmas armados, empezó a sentir que viajaba por el cuerpo de Lucía a casi ciento veinte kilómetros por hora en una especie de narcosis del miedo. Experimentó al mismo tiempo el terror y el placer de morir en una de sus curvas, en alguna colina de su piel, en la comisura cálida de sus labios, en el mar profundo de su pubis ardiente, en la redondez perfecta de sus nalgas, en el cañón que separa sus senos, en el abismo de su cuello o en las inmediaciones de su cadera. Sin saberlo había tomado la misma paralela por la que tantas veces se había despedido de Lucía después de amarla, no vio a sus perseguidores a través del retrovisor pero un segundo después los vio con sus metralletas amenazantes, y en la carrera desenfrenada por escapar de esos seres diabólicos surgidos de su imaginación o de su realidad, lo atrapó la muerte en un abismo de diez metros.

"Muere columnista Pedro Nolasco Vallejo"

El reconocido columnista Pedro Nolasco Vallejo, férreo opositor del Gobierno, murió en un accidente de tránsito en la vía que conduce de San Isidro del Valle a la capital del país.

Según los reportes policiales, el hombre que conducía a alta velocidad perdió el control de su vehículo y cayó a un abismo. Su muerte fue instantánea.

El Diario conoció fragmentos del informe de necropsia en el que se reporta que Vallejo había consumido licor, lo que probablemente, según el documento, "hizo que se quedara dormido mientras conducía".

El vehículo quedó totalmente destruido en el fondo del precipicio. Los organismos de socorro lograron recuperar el cuerpo del editorialista, después de retirar las latas retorcidas del automotor.

Vallejo, reconocido por sus posiciones editoriales, había sido señalado por el Gobierno de sostener relaciones con personajes de dudosa reputación.

> Según los reportes policiales, el hombre que conducía a alta velocidad perdió el control de su vehículo y cayó a un abismo.

32

Sólo tú ganaste el derecho de leer, subrayar, cambiar, alterar, borrar, botar o que-
mar los manuscritos que la vida me ha ido
dictando. Antes de ti, la musa de la inspi-
ración es ilusoria; después de ti, mi musa
lleva tu nombre.

Lucía Bretón llegó otra vez hasta el último de los
escritos de Pedro Nolasco. Con los ojos cerrados recordó
las muchas veces en que se despidió de él desde la principal, mientras lo veía circular por la paralela. Pensó que así
era la vida: dos caminos que se transitan al tiempo, uno
visible y otro invisible. Esa conclusión le llegó acompañada de una epifanía que le aclaraba su destino y quizá,
el de muchos seres como ella: la felicidad siempre corre
por la paralela de nuestra vida, como si fuera el otro lado
del espejo, y sólo la alcanzamos saliendo del camino de
la realidad al que tarde o temprano tenemos que volver.

Anacronía

A Lucía Bretón

Siento que me hago grande entre tus brazos
que toco el cielo.
Siento que Cronos me amarró a la Tierra
con el tiempo corrido.

Yo era el hombre
que cabía en tu cuerpo
y que cabía en tu alma.

Intuyo que en las brumas del olvido
del ocupado Dios que graba los destinos,
un error, una confusión, un desvarío,
enredó la cita de los dos en el camino.

Me diseñaron para ti
con la marca de la anacronía,
aunque cabía en tu cuerpo
y aunque cabía en tu alma.

Burlaron el destino,
con una galaxia paralela,

de mieles, de lunas,
de goce clandestino.

¿Ante qué Dios rendirá cuentas,
el Dios que armó esta trama
de besos y de rones
de magias y traiciones?

PEDRO NOLASCO VALLEJO

La edición e impresión
de este libro
fueron terminadas
en la ciudad de Bogotá
en el
mes de febrero
del año
dos mil trece
Las tipografías
utilizadas
pertenecen
a las
familias
Bembo,
Courier
y
Times New Roman.

TALLER DE EDICIÓN • ROCCA®